恋する寄生虫

三秋縋

イラスト／しおん

ある種の鳥類のカラフルな羽、哺乳類《ほにゅうるい》の過剰な大きさの角やたてがみや牙《きば》、多くの動物に見られる複雑な求愛行動、性というものの存在それ自体、ひいてはラジオに流れるラブソングや古今の愛の詩——これらすべては、寄生生物の存在故に発達してきたのである。どんな生物も、同じところに留《とど》まるためには全速力で走らなければならないからである。

モイセズ・ベラスケス＝マノフ
『寄生虫なき病』

大学卒業後、地方の小さなシステム開発会社に就職《しゅうしょく》した高坂賢吾《こうさかけんご》は、入社からちょうど一年が過ぎた頃《ころ》、聞けば誰もが首を傾《かし》げるような理由で会社を自己都合退職した。それからほぼ一年おきに同じようなことを繰《く》り返し、職場を転々としているうちに、ふと精神を病んだ。しかし本人に病の自覚はなく、ひどいときは呼吸さえ億劫《おっくう》になるほどの憂鬱《ゆううつ》も、ふとした瞬間《しゅんかん》に頭をよぎる死の誘惑《ゆうわく》も、夜中わけもなく溢《あふ》れ出《で》てくる涙も、すべては冬の寒さのせいにすぎないと考えていた。

二十七歳の冬のことだ。思えば、奇妙な冬だった。いくつかの出会いがあり、そして別れがあった。幸福な偶然があり、不幸な事故があった。大きく変化したものがあり、まったく変わらなかったものがあった。

その冬、彼は遅すぎる初恋を経験した。相手は一回り近く年下の少女だった。心を病んだ失業中の青年と、虫愛《むしめ》づる不登校の少女。何から何までまともではなくて、しかし、紛れもなくそれは恋だった。

「終生交尾？」と高坂は訊《き》き返《かえ》した。

「そう。終生交尾」少女は肯《うなず》いた。「フタゴムシはその半生を、パートナーと結合したまま過ごすの」

＊

少女はキーホルダーを取り出して高坂の目前に掲げた。

「これがフタゴムシだよ」

高坂は顔を寄せ、キーホルダーをじっと見つめた。デザインは簡略化《かんりやくか》されていたが、それが二対の翅《はね》を持った生物を模したものであることが見て取れた。前後の翅で形が異なり、前翅《ぜんし》は後翅《こうし》の三倍ほどの大きさがあった。一見すると、ただの蝶《ちょう》のようだ。

「こんな美しい姿をしてるけれど、扁形動物門単生綱《へんけいどうぶつもんたんせいこう》に属する立派な寄生虫なんだ」

「ただの蝶のように見える」

「よく見て。触角がないでしょ？」

少女の言う通り、その生物には触角がなかった。単にデザイン上の都合で省略されただけとも取れるが、彼女にとってそれは重要な違いらしい。

「これは、二匹のフタゴムシがX字状に癒着《ゆちゃく》した姿なの」

少女は両手の人差し指を交差させてその様子を表現した。

「終生交尾というからには」高坂は穏当《おんとう》な表現を選んで言った。「癒着後は、常に交接の状態にある、ってこと？」

「ある意味ではそうだね。それぞれの雄性《ゆうせい》生殖器官を、相手の雌性《しせい》生殖器官と繋《つな》げている状態」

「それぞれの？」

「うん。フタゴムシは、一個体が雄《おす》の生殖器官と雌《めす》の生殖器官の両方を持ってるの。雌雄同体ってやつだね。だから、本来なら交尾相手がいなくても自家受精を行えるはずなんだけれど、なぜかそうはしない。苦労してパートナーを見つけ出して、互いの精子を交換する」

高坂は苦笑いした。「贅沢《ぜいたく》な話だ」

「一人《ひとり》でもできることをあえて二人《ふたり》でする、っていうのが憎《にく》らしいよね」と少女は同意した。「でも、見習うべきところもあるよ。たとえば、フタゴムシはパートナーを選《え》り好《ごの》みしない。まるで一目惚《ひとめぼ》れが宿命づけられているかのように、生まれて初めて出会った相手となんの疑いもなく結合する。それに、フタゴムシはパートナーを最後まで見捨てない。一度繋がったフタゴムシは、二度と互いを離さないの。無理に引き剝《は》がすと、死んじゃうんだ」

「それで、『終生交尾』か」高坂は感心して言った。「すごいな。比翼《ひよく》の鳥《とり》みたいだ」

「そう。まさに比翼の鳥、連理《れんり》の枝《えだ》」少女は身内を褒められたかのように誇らしげに言った。「おまけに、この寄生虫は鯉《こい》に寄生するんだ」

「コイ？」

「そう。恋に寄生する。できすぎた偶然でしょ？　さらにつけ加えると、鯉に寄生することに成功したフタゴムシは、二十四時間以内に目玉を捨ててしまう。恋は盲目、ってわけだね」

「恋は盲目」と彼は声に出して繰り返した。「君の口から、そんなロマンチックな言葉が聞けるとは思わなかった」

少女はそれを聞いてふと我に返ったように目を見開き、少しの間を置いて顔を伏せた。

「どうしたの？」

「……よくよく考えると、生殖器官がどうとか交尾がどうとか、あまり人前で話すような内容じゃなかったね」彼女の頬《ほお》はうっすらと紅潮《こうちょう》していた。「馬鹿《ばか》みたい」

「いや、面白《おもしろ》かったよ」少女の取り乱し方がおかしくて、高坂は思わず噴《ふ》き出《だ》した。「続けてくれ。寄生虫の話」

少女はしばらく黙り込んでいたが、やがて少しずつ語り出した。高坂は彼女の話にじっと耳を傾けた。

第1章　蠱毒

蛇口から流れ出る水は刺《さ》すように冷たかった。だが、悠長に温まるのを待っていられるような余裕はない。高坂は手を洗い始めた。たちまち両手は流水に温度を奪われ、感覚を失っていった。一旦《いったん》水を止め、石鹸《せっけん》を泡立てて隅々まで入念に洗い、再び水を流す。泡が流れきったあとも、彼は手を流水に晒《さら》し続けた。二分ほど経《た》ったところで、ようやく給湯器が自分の役割を思い出したのか、にわかに蛇口から湯が流れ始めた。冷えきった両手がじんじんと痺《しび》れ、熱《あつ》いも冷たいもわからなくなった。

水を止め、ペーパータオルで丁寧に両手の水気を拭《ふ》き取《と》る。そして痺れの残る両手を顔に近づけ、目を閉じて匂《にお》いを嗅《か》いだ。完全に無臭であることを確認《かくにん》すると、調理台《ちょうりだい》にあったアルコール消毒剤を両手に万遍なく塗りたくった。だんだんと、心が落ち着いてきた。

居室に戻り、ベッドに寝転がった。真っ白なカーテンの隙間《すきま》から差し込む光は弱々しく、早朝のようでもあったし、夕方のようでもあった。だがどちらにせよ、今の彼の生活において、時刻というものはあまり重要ではなかった。

窓の外からは、子供たちの声が絶え間なく聞こえていた。近所に小学校があるせいだ。子供たちの楽しそうにはしゃぐ声を聞いていると、ときおり、息苦しくなるような悲しみに襲《おそ》われた。高坂は枕元《まくらもと》のラジオを点《つ》けて、適当な周波数に合わせて音楽を流した。ノイズ混じりの古い歌が、子供たちの声を覆い隠してくれた。

最後の仕事を辞めてからというもの、高坂は次の働き口を探すこともせず、貯金を食い潰《つぶ》しながら、一日中ベッドに横たわって何か考えるふりをしていた。もちろん、実際は何も考えていなかった。体裁《ていさい》を繕《つくろ》っていただけだ。こうして僕は来たるべきときに備えて気力を蓄《たくわ》えているのだ、と彼は自分に言い聞かせていた。「来たるべきとき」というのがいつを指すかは、彼自身にもわからなかった。

週に一度、買い物のためにやむを得ず外出したが、それ以外の時間は部屋《へや》に籠《こ》もって過ごした。理由は単純だ。彼は重度の潔癖症《けっぺきしょう》だったのだ。

高坂が住んでいるのは、最寄《もよ》り駅から徒歩二十分圏内にある、1DKの小綺麗《こぎれい》な賃貸マンションだった。彼にとって、部屋は唯一無二の「聖域」だった。そこでは常に二台の空気清浄機が稼働しており、消毒液の匂いがうっすらと漂っていた。フローリングは新築と見紛《みまが》うほど綺麗に磨かれていて、飾り棚には使い捨てのラテックス手袋やサージカルマスク、除菌用のスプレーやウェットティッシュなどが並んでいる。衣服や調度品の大半は白やそれに近い色のもので、クローゼットには袋に入ったままの新品のワイシャツが何枚もストックされていた。

一日に百回以上も手を洗うので、高坂の手はひどく荒れていた。爪《つめ》は丁寧に切られていたが、利き手の人差し指の爪だけは長めだった。これは、素手でエレベーターやATMのボタンに触らざるを得ないような状況に追い込まれたとき、皮膚《ひふ》で触れずに済ませるための苦肉の策だ。

それ以外で高坂の体に清潔と言いがたい箇所《かしょ》があるとすれば、髪の毛だった。彼の髪はいささか長く伸びすぎていた。部屋を綺麗に保つためにも髪は短いほうがいいということは承知していたが、彼は美容室や理髪店が大の苦手で、限界まで散髪を先延ばしにする癖があった。

潔癖症と一口に言っても、実に多様な症状がある。彼らの「不潔」への認識を掘り下げていくと、そこには不合理な信念が散見される。潔癖症を自称しているにもかかわらず自室が汚れている人などは、その典型だ。

高坂にとって、不潔の象徴は「他人」だった。実際に汚れているかどうかより、そこに他人が関与しているかどうかが最大の問題だった。他人の手に触れたものを食べるくらいなら、賞味期限を一週間過ぎたものを食べるほうがましに思えた。

彼にとって自分以外の人間は、細菌を培養するシャーレのようなものだ。指先で触れられただけで、そこから雑菌が繁殖《はんしょく》していき、全身が汚染される気がする。高坂は親しい人間が相手でも手を繋ぐことができなかった——もっとも、幸か不幸か、今の彼に手を繋ぐ相手など一人もいなかったが。

言うまでもなく、この潔癖症は、社会生活を送る上で大きな障害となった。他人を汚物そのものと捉《とら》えている者に、良好な人間関係が築《きず》けるはずもない。他人と関《かか》わり合いになりたくないという彼の本音は様々な形で表面化し、周囲の人間を苛立《いらだ》たせた。愛想笑いができない、人の名前を覚えられない、話し相手と目を合わせられない……挙げ出したらきりがない。

とにかく、他人と接するのが苦痛でならなかった。会社で働いていた頃は何もかもがストレスの種で、睡眠欲以外のあらゆる欲求が消《き》え失《う》せていたものだった。

ことに、飲み会や社員旅行といった社内行事は地獄そのものだった。そうした行事のあとでは、ときには帰宅後四時間にもわたってシャワーを浴び、ベッドに横たわって音楽を聴き、精神をチューニングし直さなければならなかった。そうやって、この世界には聴き入るだけの価値がある音も存在するのだということを自分に教え込んでやらないと、耳を引きちぎってしまいたくなるのだ。そういう夜は、音楽なしでは眠れなかった。

　要するに僕は人間に向いていないのだ、と高坂は自分の社会不適合について半ば開き直っていた。おかげで彼はどこの職場でもたちまち居場所を失い、逃げ出すような形で辞職することになった。

　繰り返す転職は、自分の見込みのなさをひとつひとつ確認していく作業だった。たった数年の社会生活のあいだに、自分という人間を余すところなく否定された気がした。お前は何をしても駄目なんだ、と烙印《らくいん》を押されたようだった。

　青い鳥を探していたわけではない。そんなものがどこにもいないことは、初めからわかっている。誰にでも天職があるというわけではないのだ。結局、多かれ少なかれ誰もがそうしているように、どこかで折り合いをつけてやっていくしかない。

　しかし、頭では理解していても、心はついてこなかった。高坂の神経は日々着実に磨《す》り減《へ》っていき、それにつれて強迫症状は悪化していった。心が淀《よど》むのに反比例して身の回りは清潔になり、部屋はほとんど無菌室の様相を呈《てい》した。

ベッドに寝転んでラジオの音楽に耳を澄ましつつ、高坂は数時間前の出来事に漠然と思いを馳《は》せていた。

*

そのとき、彼はコンビニエンスストアにいた。両手には使い捨てのラテックス手袋を装着していた。これは潔癖症の彼にとって外出時の必需品で、特にコンビニエンスストアやスーパーマーケットのように、他人がべたべたと手を触れたものに触らなければならない場所では絶対に欠かせないものだった。

その日もきちんと手袋をした上で買い物に臨んでいたのだが、途中で問題が発生した。ミネラルウォーターを取ろうと陳列棚に手を伸ばしたとき、突然、ちくりと右手人差し指の関節が痛んだ。見ると、皮膚がひび割れて血が滲《にじ》んでいた。よくあることだ。普段《ふだん》から手を洗いすぎるのに加え、乾燥する時期だということも重なり、彼の手は働き始めの美容師みたいにひどく荒れていた。

血がじわじわと手袋の中を浸食していく感触に耐えられず、彼は右手の手袋を脱いで捨てた。さらに、片手だけ手袋をしているというアンバランスな状態が気に入らなくて、左手の手袋も捨ててしまった。そしてそのまま買い物を続けた。

レジ係をしていたのは、この店でよく見かけるアルバイトの女の子だった。髪をコーヒーブラウンに染めた愛想のよい女の子で、高坂が商品をレジまで持っていくと満面の笑みで対応してくれた。そこまでは特に問題はなかったのだが、高坂が釣り銭を受け取ろうとしたとき、レジ係の女の子は彼の手をそっと包み込むようにして小銭を彼に渡した。

これがまずかった。

直後、高坂は反射的に、彼女の手を振り払ってしまっていた。小銭が勢いよく床に散らばり、店内にいた人々は一斉にそちらを振り返った。

彼は呆然《ぼうぜん》と自分の手を見つめ、レジ係の女の子が慌てて「すみません」と謝《あやま》るのも聞かず、小銭を拾いもせず逃げるように店を出た。そして一目散にマンションに戻り、長い時間をかけてシャワーを浴びた。それでも手に残った不快な感覚は消えず、浴室を出たあとであらためて手を洗い直したのだった。

一通りの流れを思い返したあと、高坂は溜《た》め息《いき》をついた。自分でも異常だとは思う。しかし、どうしても素手で肌に触れられることに耐えられないのだ。

加えて、高坂はあのレジ係の女の子のような、女らしさを感じさせる女が苦手だった。それは女性に限らず、男らしさを前面に押し出したような男も、やはり同様に苦手だった。どちらも同じくらい、不潔な感じがした。まるで思春期に入り立ての少女のような言い草だが、事実そう感じられるのだからどうしようもない。

子供の頃は、年を取るにつれて潔癖症も自然に治っていくだろうと思っていたが、実際はむしろ悪化の一途を辿《たど》っていた。この調子では結婚はおろか友人を作ることもままならないな、と彼は内心でつぶやいた。

＊

九歳の頃、高坂には母親がいた。彼が十歳になる直前に、母親は他界した。事故死とされているが、高坂は未《いま》だに自殺を疑っている。

美しい女性だった。教養豊かで機知に富み、音楽や映画の趣味《しゅみ》もよかった。高坂の父と出会うまではエレクトーン講師をしていたそうだ。小規模な自宅教室だが評判は高く、わざわざ遠方から足を運んでくる生徒も少なくなかったという。

彼女のような完璧《かんぺき》な女性が、なぜ父のような凡庸《ぼんよう》な人間を伴侶《はんりょ》に選んだのか、高坂には不思議でならなかった。控えめに言って、彼の父親は冴《さ》えない男だった。顔はそれぞれのパーツが嚙《か》み合《あ》っておらず失敗したモンタージュのようだったし、稼ぎは少なく、趣味はないが仕事熱心《ねっしん》というわけでもなくて、長所らしい長所が見当たらなかった（もっとも今の高坂からすれば、「普通に所帯を持って暮らしていた」というだけで十分尊敬に値するのだが）。

高坂の母は自分に厳《きび》しい人間で、息子《むすこ》にも彼女と同等の努力を要求した。高坂は物心つく前から色々な習い事を強制され、家にいるときも分単位で母の決めたスケジュールに従わされた。幼い彼は、母親というのはどこの家も皆そういうものだと思っていたので、自分の生活に疑問を抱くこともなく従順に母の言いつけを守っていた。逆らえば、裸足《はだし》のまま家から閉め出されたり丸一日食事を抜かれたりするので、そうするほかなかった。

高坂の母は、息子が彼女の期待の半分にも応《こた》えられないことに、腹を立てているというよりは困惑しているようだった。なぜ私の分身であるはずのこの子は、私のように完全ではないのか？　ひょっとして、私の育て方に問題があるのではないか？

不思議と彼女は、高坂の資質を疑うことだけはしなかった。しかしそれは親の贔屓《ひいき》目《め》というよりは、歪《ゆが》んだ自己愛の表れというべきだろう。自分の血を疑うよりは教育方法を疑うことを選んだというだけの話だ。

　完全主義者の多くがそうであるように、高坂の母もまた綺麗好きな人間だった。高坂が部屋を散らかしたり汚れた格好で帰ってきたりすると、母は心底悲しそうな顔をした。怒鳴られたり叩《たた》かれたりするより、高坂にとってはそちらのほうがよほどきつかった。逆に、高坂が進んで部屋を片づけたり手洗いうがいをしたりすると、母は必ずそれを褒めてくれた。勉強も運動も取り立てて得意ではない彼にとって、それは母に喜んでもらえる数少ない機会だった。自然と彼は、同年代の子供と比べて綺麗好きな少年になっていった――あくまで常識的な範囲で。

　異変が訪れたのは、九歳の夏の終わりだった。ある日を境に、母は人が変わったように高坂に優《やさ》しくなった。まるで今までの自分のふるまいを悔いるように、それまで彼に課《か》していた規則をすべて廃し、愛情深く接してくれるようになった。あらゆるくびきから解放された高坂は、初めて味わう子供らしい自由な生活に夢中になるあまり、母の態度の急激《きゅうげき》な変化について深く考えてみようとはしなかった。

　ときどき、母は高坂の頭にそっと手を置いて、「ごめんね」と繰り返しながら彼の頭を撫《な》でた。何について謝っているのかは計りかねたが、それを訊《たず》ねたら母に悪い気がして、高坂は黙って頭を撫でられるに任せていた。

あとになって、わかった。彼女は、これまでしてきたことについて謝罪していたのではなく、これからすることについて謝罪していたのだ。

一か月だけ優しい母親を演じて、母は死んだ。車で買い物に出かけた帰りに、法定速度を大幅に超えて走行していた車と正面衝突《しょうとつ》したのだ。

当然、それは事故として扱われた。しかし、高坂だけは知っていた。その道が、ある特定の時間帯、自殺にうってつけの場と化すことを。それを教えてくれたのはほかでもない母だったのだ。

母の葬式の直後、高坂の中で何かが変わった。その夜、彼は何時間もかけて手を洗い続けた。母の遺体に触れた右手が、気持ち悪くて仕方がなかったのだ。

翌朝、高坂が浅い眠りから目覚めたとき、世界は一変していた。彼はベッドから跳ね起きると、血相を変えて浴室に飛び込んだ。そして何時間にもわたってシャワーを浴び続けた。この世に存在する何もかもが、汚らわしく思えた。排水溝の髪の毛、壁の縁のカビ、窓のサッシに溜《た》まった埃《ほこり》、それらを見ただけでぞくぞくと背筋に悪寒が走った。

このようにして、彼は潔癖症になった。

高坂本人は、母の死と潔癖症のあいだに、しかし直接の因果はないと考えている。

それはあくまできっかけのひとつにすぎない。あの一件がなかったとしても、いつかは別の何かが引き金となって僕を潔癖症に目覚めさせていただろう。もともと僕の中にそういう素質があったというだけなのだ。

第2章　コンピューター・ワーム

深夜に鳴《な》り響《ひび》くインターフォンの不気味さを、経験《けいけん》のない者に説明するのは難しい。あなたはしんと静まりかえった部屋で無防備にくつろいでいる。不意に、訪問者を知らせる無機質な電子音が静寂を破る。一瞬、思考が停止する。時計《とけい》を確認するが、明らかに人が訪ねてくるような時間ではない。頭の中は疑問符で埋め尽くされる。誰《だれ》が？　なぜ今？　なんの目的で？　鍵《かぎ》はかけていたか？　チェーンロックは？

あなたはじっと息を潜め、ドアの向こうにいる人物の出方を窺《うかが》う。どれくらい経《た》っただろう。数十秒かも知れないし、数分かも知れない。おそるおそる玄関に行ってドアスコープから外を確認すると、謎《なぞ》の訪問者はなんの手がかりも残さず立ち去っている。すべては宙ぶらりんのまま終わり、不吉な電子音の余韻は一晩中続く……


それは、なんの前触れもなく訪れた。

インターフォンが鳴ったとき、高坂はコンピュータのキーボードを掃除していた。ＰＦＵ製のキーボードはキートップに刻印がなかったが、それは拭《ふ》き掃除のしすぎで消えたのではなく、最初からそういうふうにデザインされたものだ。先週キーをすべて取り外して洗浄したばかりだが、一度使うごとに徹底的に除菌しなければ気が済まなかった。

　置き時計は午後十一時過ぎを指していた。こんな時間に一体誰だろうと考える間もなく、次いでデスクで充電中だったスマートフォンが振動した。高坂は直感的に、インターフォンとメールのタイミングが重なったのは偶然ではないと悟《さと》った。

　スマートフォンを手に取り、新着メールを確認する。


　ドアを開けろ。危害を加えるつもりはない。

　ウイルスの件で話がある。


　顔を上げて、玄関の方向を見やる。彼の住むマンションにはオートロックシステムが備わっておらず、住民でなくとも建物内への侵入はたやすい。すなわち、メールを送ってきた人物は、既に部屋の前まで来ている——そう気づくのとほぼ同時に、ドアを叩く音がした。乱暴《らんぼう》な叩き方ではない。自分がそこにいることを知らせるような叩き方だ。

警察に通報するべきだろうか、と高坂は手元のスマートフォンを見つめる。しかし、そこに表示されているメッセージが、彼を躊躇《ちゅうちょ》させた。

〝ウイルスの件で話がある。〟

彼はそのメッセージに、はっきりとした心当たりがあった。

初めて高坂がマルウェアに関心を持ったのは三か月前、二〇一一年の夏の暮れだった。その日、彼のスマートフォンに、見覚えのない連絡先からＳＭＳメッセージが届いた。

もうすぐ、世界が終わろうとしています。

不吉なメッセージだった。だが、四つ目の職場にも馴染《なじ》めず、ひどく心が荒《すさ》んでいた当時の彼にとって、そのメッセージはささやかな清涼剤となった。

高坂は瞼《まぶた》を閉じ、世界が終わる空想を束の間楽しんだ。空が赤く染まり、町中にサイレンが鳴り響き、ラジオからは不幸なニュースだけが流れる、そんな情景をのびのびと想像した。

馬鹿げた話に聞こえるかもしれないが、高坂はその不謹慎《ふきんしん》なメッセージに救われた。嘘《うそ》にも等しい無根拠な気休めが、当時の彼には必要だったのだ。

あとで調べてみたところ、そのＳＭＳメッセージは、「Smspacem」と呼ばれるマルウェアの亜種に感染した携帯端末から強制送信されたもののようだった。「マルウェア」とは、コンピュータを不正に動作させる悪意あるソフトウェアやプログラムの総称だ。たいていの人はそのようなものを一律に「コンピュータウイルス」と呼んでいるが、ウイルスはマルウェアの下位概念《がいねん》のひとつに過ぎない。

Smspacemを一言で言い表すなら、それは「世界の終わりを告げるマルウェア」だ。感染した端末は、二〇一一年五月二十一日を迎えると、連絡先リストに登録されている人全員に世界の終わりを示唆するＳＭＳメッセージを送信するようになっていた。

セキュリティレポートによると、Smspacem は北米のユーザを対象としたマルウェアだ。しかし、九月上旬になって日本在住の高坂のもとに日本語で同様のメッセージが届いたということは、Smspacem をわざわざ日本人向けに改変した物好きがいたということだろう。

仕事を辞めてぼんやりとベッドに寝転んでいたとき、ふと、高坂は Smspacem のことを思い出した。そしてこう考えた――僕にも、あれと似たようなものが作れないだろうか。あのとき自分が経験した、日常に小さな綻《ほころ》びが生じるような感覚を、異なった形で再現できないだろうか。

幸い、時間はいくらでもあった。高坂はマルウェアを作るために必要な知識を片端から身に付けていった。プログラマ時代に得た知識と経験の下地もあり、勉強を始めてから僅《わず》か一か月で、ツールキットの力を借りずに独創的なマルウェアを完成させた。

僕はこの分野に向いている、と高坂は思った。彼は誰に教わらずとも状況に応じて最良のアルゴリズムを導き出す才能があった。生来の几帳面《きちょうめん》さと完全主義が、プラスに働いた希有《けう》な例だった。

ほどなくして、彼の作成したマルウェアは大手ソフトウェア会社のセキュリティレポートに掲載された。手応えを得た高坂は、早速新たなマルウェアの制作に取りかかった。マルウェア作りは、いつの間にか彼にとって唯一の生き甲斐《がい》になっていた。

皮肉な巡り合わせだ。かたや現実世界においてウイルスや虫に怯《おび》えるあまり生き辛《づら》さを覚えている人間が、かたや電子世界においてウイルスや虫《ワーム》を産み出し世に放つことに生き甲斐を覚えている。

コンピュータと向き合い、キーボードを叩きながら、高坂はときどきこんな風に考える。もしかすると、僕は自分がこの世界に遺伝子を残せないことを確信していて、その代償行動として、自己複製機能を持ったマルウェアをネット上にばら撒《ま》いているのかもしれない。

マルウェアと一口に言っても、実に様々なものがある。従来の分類では、マルウェアは「ウイルス」「ワーム」「トロイの木馬」の三種類に分けられていた。しかし年々マルウェアの性質は複雑化していき、従来の分類に収まらないマルウェア群の出現に伴い、「バックドア」「ルートキット」「ドロッパー」「スパイウェア」「アドウェア」「ランサムウェア」といった新たな定義が続々と登場している。

もっとも単純なマルウェアの三大分類、「ウイルス」「ワーム」「トロイの木馬」の違いは比較的わかりやすい。まず、ウイルスとワームは自己伝染機能と自己増殖機能を持ち合わせているという共通点があるが、ウイルスが他のプログラムに寄生しなければ存在できないのに対して、ワームは宿主を必要とせず単独で存在できる。トロイの木馬はウイルスやワームとは異なり、自己伝染機能も自己増殖機能も持っていないという点で区別される。

高坂がマルウェアに興味を持つきっかけとなったSmspacemは、広義の「ワーム」に該当する。感染したコンピュータ内のメールアドレスを収集し、不正プログラムの複製を添付したメールを大量に送りつけ、さらに感染先でも同様の行為を繰り返すことで感染を広げていく、いわゆる「マスメーリングワーム」だ。

高坂の開発しているマルウェアも、やはりこれだった。彼は開発中のマスメーリングワームに「SilentNight」というコードネームをつけていた。

SilentNightは、特定日発病型のワームだ。十二月二十四日の十七時に作動し、二日間にわたって感染端末の通信機能をオフにする。より正確に言うと、すべての通信を始まったそばから終了させる。これにより感染端末の所持者は、電話はもちろん、Eメール、SMS、およびインターネット電話サービス等、あらゆる通信手段を一時的に剝奪《はくだつ》されることになる。

SilentNightというコードネームの由来は、聖夜に発病するウイルスであるということを示すと同時に、携帯端末の通信機能を奪われて友人や恋人と連絡が取れなくなった人々がクリスマスの夜を一人静かに過ごす羽目になるということをも示す、一種の掛詞《かけことば》だった。

十一月末、ついにSilentNightが完成した。高坂はこのモバイルワームをネットワーク上にばら撒いた。考えようによっては、これがすべての始まりだった。自分が大きな運命の奔流に片足を踏み入れていることを彼が知るのは、ほんの数日後だ。

インターフォンが再び鳴った。高坂はワークチェアから立ち上がった。居留守を使ったら、後悔することになると思った。今ここで訪問者の正体と目的を明らかにしておかなければ、これから数週間、得体《えたい》の知れない不安に悩まされ続けることになるに違いない。それに、どのみちこちらの住所やメールアドレスは相手に知られてしまっているのだから、逃げ隠れしても無駄だ。

ドアカメラは故障していたので、訪問者の顔を確認するにはスコープを覗《のぞ》く必要があった。おそるおそる居室を出て、玄関ドアの前に立つ。スコープを覗き込むと、ダークスーツの上にコートを着た中年の男が立っているのが見えた。その服装を見て、高坂はほんの僅かだが警戒心を緩めた。背広や制服の類《たぐい》には、人を無条件に安心させる力がある。

チェーンロックがかかっているのを確認した上で、ドアを開けた。チェーンをかけたまま応対されることを見越していたのか、男はドアの隙間と正対する位置に移動していた。

男の背丈は高坂より十センチ以上高かった。高坂が一七三センチなので、一八三センチ以上はあるということになる。体格もがっしりとしていた。スーツの上に羽織っているチェスターコートは、おそらく本来の色は黒なのだが、薄汚《うすよご》れているせいで灰色に見える。目元は深く落ちくぼんでおり、顎《あご》は無精《ぶしよう》髭《ひげ》で覆われ、脂っぽい髪には白髪が交じっている。口元に友好的な笑みを浮かべていたが、瞳《ひとみ》はどこか虚《うつ》ろだった。

「よう」と男は言った。低く嗄《しやが》れているが、芯《しん》の通った声だ。「起きてたか？」

「どちら様ですか？」高坂はチェーン越しに訊いた。「こんな時間になんの用です？」

「メールに書いた通りだ。ウイルスの件で話がある」

高坂は息を呑《の》んだ。「あのメール、あなたが送ってきたんですか？」

「そうだ」男は首肯した。「中に入ってもいいか？　話を聞かれたくないのは、あんただって同じだろう？」

チェーンに手を伸ばしかけ、そこで高坂はためらった。確かに男の言う通り、部外者に話を聞かれて困るのは事実だ。しかし彼を中に入れて安全だという保証はどこにもない。男の物腰や雰囲気から、高坂は本能的に察していた——目の前にいる男は、その気になれば僕を造作もなくねじ伏せることができる。そういった行為に手慣れているし、なおかつ、煩わしい交渉を行うよりもわかりやすい肉体言語のほうを好んでいる。こちらの対応次第で、すぐにでも暴力に訴えかける準備がある。

「警戒してるみたいだな」男は高坂の不安を見抜いて言った。「まあ、変にリラックスされるよりは、そっちのほうが話しやすい。荒々しいやり方をとるつもりはないんだが、俺の口からそれを言っても信じてはもらえないだろうしな」

高坂は意識を一瞬部屋の中に向けた。すると男はまたしても高坂の微細な動作から彼の内心を見抜いた。

「安心してくれ。あんたの潔癖症は把握してる。玄関から先に入る気はない」

高坂は絶句し、唇をわななかせた。

「……そこまで、知っているんですか」

「ああ。てなわけで、さっさと入れてくれないか？　寒くて凍えそうなんだ」

高坂は逡巡《しゅんじゅん》していたが、やがて諦《あきら》めて慎重な手つきでチェーンを外した。男は宣言通り玄関から先には足を踏み入れず、後ろ手に閉めたドアにもたれてふうと溜め息をついた。ポケットから煙草《タバコ》を取り出しかけたが、高坂の視線に気づいてそれを引っ込めた。

「あんたに限った話じゃないが……最近の若いやつは、どいつもこいつも綺麗好きだよな」男は独り言のように言った。「商品を売るためには仕方ないんだろうが、近頃のコマーシャルにかかれば、なんでもかんでも汚れてるってことになっちまう。ソファやマットレスはダニだらけ、まな板やスポンジは雑菌だらけ、スマートフォンやキーボードは便器より汚い、朝起きた直後の口内は糞《くそ》より汚い……」言いながら、ポケットから取り出したライターをかちかちと鳴らした。「でもそれって、逆に言えば、俺《おれ》たちはこれまでそんなものに囲まれていたにもかかわらず平気だったってことだろう？じゃあ気にする必要なんてないじゃないか。コンプレックス産業と一緒さ。ありもしない問題を勝手に誰かがでっちあげてるんだ」

「……話とは？」高坂は単刀直入に訊ねた。

「あんたを脅迫しにきた」男も端的に答えた。「高坂賢吾。あんたのやっていることは明白な犯罪行為だ。告発されたくなければ、俺の言うことを聞いてもらう」

高坂は押し黙った。何もかも唐突すぎて頭が追いつかなかったが、どうやらこの男は、なんらかの手段で高坂がマルウェアの作者であることを突き止め、それを種に脅迫を行おうとしているらしい。

男が事情をすべて把握しているのだとしたら、高坂に為《な》す術《すべ》はない。しかし、と高坂は考える。相手が何を知っていて何を知らないかがはっきりするまでは、迂闊《うかつ》に口を開くわけにはいかない。実はこの男はマルウェアのことはほとんど何も知らなくて、ブラフをかけて情報を引き出そうとしているという可能性もゼロではないのだ。まだ駆け引きの余地は残っているかもしれない。

「こいつはどこまで知っているのか、って顔だな」と男が言った。

高坂は沈黙を守った。

「なるほどね」男は僅かに表情を変えた。笑ったのかもしれないし、不快感を表明したのかもしれない。「正直に言うと、残念ながら俺もすべてを把握しているわけじゃない。たとえば、なぜウイルスの発病日はクリスマスイヴでなければならなかったのか。なぜこれだけ拡散力の高いウイルスを作っておきながら、対象ユーザを日本のみに絞ったのか。なぜここまでプログラミング技術に精通した者が、定職にも就かずウイルス作りなどに汲々《きゆうきゆう》としているのか。不明な点を挙げ始めたらきりがない」

要するに、全部知っているぞと彼は言っているのだ。

「……証拠を残さないように、細心の注意を払ってきたつもりでした」高坂は観念《かんねん》して言った。「これは純粋な好奇心から訊ねるんですが、一体どうやって、まだ被害も出ていないマルウェアの作成者を突き止めたんです？」

「答える義理はないね」

彼の言う通りだ、と高坂は思う。ここでわざわざ自らの手の内を明かす者はいない。

「だが」と男は続けた。「あんたのちっぽけな矜持《きようじ》のため、特別に教えてやろう。確かに、電子世界においてあんたは、おそろしくしたたかに立ち回っていた。それは認めるよ。しかし一方で、現実世界のあんたはどこまでも無防備で隙《すき》だらけだった。……この説明で、俺の言いたいことは大体伝わるだろう？」

高坂の背筋に冷たいものが走った。思えばこの数か月、彼は毎週決まった曜日《ようび》、決まった時間に買い物に出かけ、そのあいだ家を空けていた。また天気のよい日には、一日中部屋のカーテンを全開にしていた（彼は日光の殺菌効果に絶大な信頼をおいているのだ）。確かに、誰かがその気になれば、彼の私的な生活を覗き見ることは不可能ではなかった――具体的には、部屋に忍び込んだり、どこかから望遠鏡《ぼうえんきょう》で監視したりといった方法で。

「そして、さっきの問いの答えだが」と男はつけ加えた。「そもそも俺は、あんたがサイバー犯罪者だと当たりをつけた上で調査を始めたわけじゃないんだ。高坂賢吾という男に適性があるかどうか判明させるため、情報を集めていただけだ。脅迫材料が見つかったからそれを利用する方向にシフトしただけで、最初はただ金で雇うつもりでいた」

「〝適性〟？」

「こっちの話だ」

二人のあいだに沈黙が降りた。男は高坂の言葉を待っているようだった。

「……それで、あなたは僕を脅して何をさせるつもりなんですか？」高坂は半ば自暴自棄に訊ねた。「大したことができるとは思いませんが」

「話が早くて助かるね。そうやって素直でいてくれれば、こっちも必要以上に君を追い詰めることはしなくて済む」

一呼吸分の間を置いて、男は本筋を切り出した。

「高坂賢吾。あんたには、ある子供の面倒《めんどう》を見てもらいたい」

「子供？」

「そう、子供だ」男は肯いた。

＊

あんたにはあまり期待していないよ、と言い残して男は去って行った。彼がそう言うのも無理はない、と高坂は思った。実際、それは高坂にとって荷の重い仕事だった。ただでさえ他者との交流を嫌う彼だが、取りわけ、子供と老人の相手は大の苦手だ。もちろん理由は「汚そうだから」である。

しかし、そうかと言って最初から諦めるわけにもいかない。依頼を達成できなければ、高坂は単なる失業者ではなく、前科つきの失業者になってしまう。

佐薙《さなぎ》ひじり、というのがその子供の名前らしかった。それ以外の情報は、高坂には与えられなかった。

脅迫者は和泉《いずみ》と名乗った。和泉が高坂に出した指示は、単純なものだった。

「明日《あした》の十九時、水科《みずしな》公園に行くんだ。池のほとりで、白鳥に餌《えさ》をやっている子供がいる。それが佐薙ひじりだ」

事情はよくわからなかったが、ひとまず高坂は肯いておいた。

「あんたの最初の任務は、佐薙ひじりと友達《ともだち》になることだ」

それから和泉は、仕事の成功報酬について軽く説明を加えた。和泉が提示した額は、今の高坂にとってはそれなりの大金だった。

和泉が立ち去ると、高坂は部屋中を狂ったように掃除して回った。ひょっとしたら自分が留守にしているあいだに誰かが侵入していたのかもしれないと考えるだけで、頭がおかしくなりそうだった。だが濃密《のうみつ》にこびりついた「他者」の気配《けはい》は、いくら消毒液をばら撒いても消えそうになかった。

翌日の夜、高坂はコートを羽織り、両手にラテックス手袋を着用し、使い捨てマスクをかけ、除菌シートと除菌スプレーを鞄《かばん》に入れた。部屋の戸締まりをしっかりと確認してから、絶望的な気持ちでドアを開けた。

日が沈んでから聖域の外に出るのは久しぶりだった。夜の外気は刺すように冷たく、顔や耳がじんじんと痛んだ。


服装にスーツを選んだのは、佐薙ひじりに警戒心を与えないためだ。いきなり知らない人間から声をかけられたら、普通の人間は警戒する。それが夜なら尚《なお》のことだ。こういうとき、スーツは見る者に安心感を与えてくれる。昨晩の実体験と照らし合わせ、高坂はそう考えたのだった。

駅前の開けた歩道で、彼は足を止めた。道端に、小さな人だかりができていた。肩越しに覗き見ると、見物人が取り囲んでいたのはストリートパフォーマーだった。パフォーマーは三十代の男で、彼の前には台座代わりのスーツケースが置いてあり、その上でマリオネットが踊っている。男は両手指を駆使して一度に二体のマリオネットを操っていた。器用なものだ、と高坂は感心した。脇のラジカセから流れるバックミュージックは、『ひとりぼっちの羊飼い』だった。

高坂はしばらく男のパフォーマンスに見入っていた。マリオネットは過度にデフォルメされたデザインで、顔のパーツのひとつひとつが異様に大きく、滑稽《こっけい》を通り越してグロテスクだった。男のマリオネットが女のマリオネットを追いかけ、かと思えば女のマリオネットが男のマリオネットを追いかけ、最後に二体のマリオネットがぎこちなくキスしたところで音楽が終わり、辺りから拍手が沸いた。

観衆が気分をよくしたところで、人形つかいは言葉巧みに見物料を要求し始めた。ほかの見物客が去ってから高坂がスーツケースに千円札を入れると、ストリートパフォーマーはにこりと彼に笑いかけ、囁《ささや》くような声で言った。

あなたに、糸繰り人形のご加護《かご》がありますように。

高坂は再び歩き始めた。幸い、指定された公園は彼のマンションから徒歩で三十分程度の距離にあり、公共交通機関を用いる必要はなかった。

高坂は漠然とだが、佐薙ひじりを十歳前後の少年だろうと想像していた。「佐薙聖《ひじり》」という字面は——もっともこの漢字表記は高坂の推測にすぎないが——どちらかと言えば男性的だったし、「さなぎ」という響きは昆虫の蛹《さなぎ》を想起させ、そこから少年が連想されたのだ。

だから、水科公園に到着し、それらしき人物を発見した彼が困惑したのも無理のない話だった。

まず目についたのは、白金に染められた髪だった。光の具合によってはアッシュグレイにも見えるようなプラチナブロンドのショートカットで、眉毛《まゆげ》も少し脱色されていた。その上肌が不健康に青白く、瞳だけが吸い込まれるように黒かった。

続いて視線が行ったのは、スカートから伸びる細く長い脚だ。息が真っ白になるような気温にもかかわらず、彼女は太腿《ふともも》が露《あら》わになるような短いスカートを穿《は》いていた。タイツもストッキングも穿いていない。高坂の記憶が正しければ、彼女が着ているのは近所の女子校の制服だった。タータンチェックのマフラーを巻き、オフホワイトのカーディガンを羽織っていたが、その程度で脚の冷えをカバーできるとは思えなかった。

頭には、スタジオで用いられるようながっしりとしたモニターヘッドフォンがかけられていた。色気のないデザインで、ファッションの一部として取り入れたという感は微塵《みじん》もない。かすかな音漏れから判断するに、聴いているのは古いロックだろうか。

そして高坂の目線が最後に行き着いたのは、薄い唇に挟まれた煙草だった。初めは冷気による白い吐息のせいで判別がつかなかったが、よく見れば、彼女の口から漏れているのは紛れもなく煙だった。

佐薙ひじりは、十七歳くらいの少女だった。それもただの少女ではなく、高坂がもっとも苦手とするタイプの少女だ。

まったく、あの和泉という男は僕に何を求めているのだろう？　高坂は首を捻《ひね》った。一体何をもって僕に適性があると考えたのか。皆目見当もつかなかった。

逃げ出してしまいたかったが、そうもいかない。ここで仕事を放り出してしまったら、和泉はすぐにでも僕を警察に突き出すだろう。それはそれで仕方ない気もしたが、諦めるのは当たって砕けてみてからでも遅くはない。

肩肘張《かたひじは》ることはない。何も、彼女を誘惑して恋人になれと言われたわけではない。友達になるだけでいいのだ。

マスクを外してポケットに入れる。意を決して、佐薙に歩み寄る。

和泉の言っていた通り、佐薙は池のほとりに立って白鳥に餌をやっていた。彼女が紙袋からパンの耳を取り出して中空に放り上げると、白鳥は一斉にそれに群がった。彼女はそれを満足げに眺めていた。高坂がそばにいることには気づいていないようだ。

驚《おどろ》かせないように、そっと彼女の視界に入り、声をかけた。

「あの」

数秒の間を置いて、佐薙は彼のほうを見た。

正面から向き合ってみて、高坂は佐薙の容姿の整いぶりに感心せずにはいられなかった。彼女の姿は、ある明確なコンセプトのもとに作られた精巧なガイノイドを思わせた。ただしそのコンセプトとは人に安心や癒《い》やしを与えることではなく、そばにいる者を緊張させたり気持ちを引き締めさせたりすることだ。

「……なに？」

ヘッドフォンを外し、胡乱《うろん》な目つきで佐薙が訊いた。

高坂は思わず彼女から目を逸《そ》らした。どうやら、スーツは警戒を解く役には立たなかったようだ。それもそうだ。夜の公園で制服姿の女子高生にスーツ姿の青年が声をかけるという図は、いかにも不自然だ。控えめに言って、危うい感じがする。これでは運動着姿のほうがまだ自然だったかもしれない。

「ちょっといいかな？」持てるすべての力を使って親しげな笑みを作り、高坂は訊いた。「今時間はある？」

「だめ」煙草を咥《くわ》えたまま、気怠《けだる》そうに佐薙は答えた。「忙しいの」

当然の反応だった。佐薙は再びヘッドフォンをかけ、彼女の世界に戻っていった。

こうなると、高坂にはもうお手上げだった。年齢差や性差以前の問題だ。自分から誰かと親しくなろうと努力した経験が、彼にはこれまで一度もなかった。

高坂は途方に暮れた。次の一手が思いつかなかったので、やや離れた場所で佐薙と同じように餌を追う白鳥たちを眺めた。

野生動物の大半が苦手な彼にとって、白鳥は数少ない例外のひとつだった。体が真っ白なのもそうだが、何より、冬にしか現れないのがよい。いつも冷え切った水に浸《つ》かっていて、清潔な感じがする。あくまでそんな気がするというだけで、実際は体中に病原体が潜んでいるのだろうが。

それから彼は、あらためて公園内を見渡した。雪に覆われた公園は、立ち並ぶ街灯に照らされて全体がぼんやりと青白く発光しているように見えた。耳を澄ますと、白鳥の鳴き声だけでなく、枝の上に積もった雪が地面に落ちる音が聞き取れた。彼は目をつむり、そんな音にじっと耳を澄ました。

溜め息が聞こえた。見ると、佐薙が再びヘッドフォンを外し、こちらを注視していた。射貫《いぬ》くような鋭《するど》い視線に、高坂はたまらず目を泳がせた。そのとき、佐薙の耳に青いピアスが光っているのが一瞬見えた。

「ねえ、私になんの用？」

言葉を吟味している場合ではない。とにかく何か言って彼女の警戒を解かなければ、と高坂は口を開いた。

「君と、友達になりたいんだ」

言ってから、自分でも胡散臭《うさんくさ》いと思った。いかにも不純な動機で近づいてくる人間が口にしそうな台詞《せりふ》だ。もっとほかに表現の仕方はなかったのか。これでは「怪しい男に声をかけられた」と交番に逃げ込まれても文句は言えない。

佐薙は感情のない瞳で高坂を見据えていた。長い沈黙があった。彼女は煙草を一口吸い、慣れた手つきで灰を落とした。それからまた値踏みするように高坂を見つめ続けた。

なんでもいいから早く喋《しゃべ》ってくれ、と高坂は内心で懇願《こんがん》した。脇の下を流れる冷や汗が不快だった。こんな馬鹿げた仕事は放り出して、今すぐマンションに帰ってシャワーを浴びたかった。空気清浄機と消毒液が織《お》りなす聖域が恋しかった。

ややあって、佐薙は短くなった煙草を足下に捨てた。雪に濡れた地面に触れて、煙草の火は一瞬で消えた。

「どうせ、和泉さんに頼まれたんでしょ？」

最後の煙を吐き出して、佐薙はかったるそうに言った。

「こういうの、あなたで七人目だから」

佐薙の吐いた煙が風に乗って流れてきて、高坂は咄嗟《とっさ》に口元を塞いだ。

それから、一拍おいて〝七人目〟の意味を察した。

「……つまり、僕以前にも、君と親しくなるように仕向けられた人たちがいたってこと？」と高坂は訊いた。

「あれ、和泉さんから何も知らされてないの？」

高坂は観念して洗いざらい打ち明けた。「子供の面倒を見てくれと言われただけなんだ。十歳くらいの男の子を想像していたから、実物を見て困惑している」

「お互い様だよ。私だって、まさかこんなに年上の男の人をよこされるなんて、思ってもみなかった。あの人、何を考えてるのかな？」佐薙は煩わしそうに頭を掻《か》いた。「あなた、名前は？」

「高坂賢吾」

「あなたも和泉さんに脅されて、仕方なく言うことを聞いてるんでしょ？　ねえ、どんな弱みを握られてるの？」

少し躊躇《ためら》ったが、高坂は正直に答えることにした。ここで自分が沈黙を貫いたところで、佐薙は和泉からそれを聞き出すだけだ。

「けちな犯罪行為を見逃してもらってる」

佐薙はその四文字に興味《きようみ》を示した。「犯罪行為って？」

「サイバー犯罪だよ。コンピュータウイルスを作ってばら撒いた」

「なんでそんなことしたの？」

「好きだからだよ。趣味なんだ」

「ふうん。趣味ね」理解に苦しむとばかりに佐薙は肩を竦《すく》めた。

「ところで、君、あの男の人とはどんな関係なんだ？」

「さあね。親子とか？」

「親子」と高坂は彼女の言葉を繰り返した。「あまり人の家庭の事情に首を突っ込むつもりはないけれど、君の家だと、親に敬称をつけるように教育されているの？」

「義理の親子なのかもしれない」

「……まあ、答えたくないならいいよ」

高坂は振り返って鉄柵に背を向け、夜空を仰いだ。そのとき、頭上の木枝の隙間に鳥の巣のようなものを発見した。しかしそれは鳥の巣にしては形が整いすぎていたし、いささか大きすぎた。多分ヤドリギだろう、と彼は結論づけた。桜の木などに寄生して栄養素を掠《かす》め取る寄生植物がいると聞いたことがある。

佐薙が、ふと思い出したように言った。

「そういえば、和泉さん、報酬は出すって言ってた？」

高坂は肯いた。「もしこの仕事が上手《うま》くいけばの話だけれど」

「いくら？」

高坂はその金額を小声で伝えた。

「結構もらえるんだ」

「そうだね。今の僕にとっては、ちょっとした大金だ」

すると、佐薙は片手を高坂に差し出した。

彼女がパン屑《くず》を素手で摑《つか》んでいた光景が頭をよぎり、思わず高坂はあとずさった。

しかし、彼女が求めていたのは握手ではなかった。

「半分、私にちょうだい」佐薙はことものなげに要求した。「そしたら、友達になってあげる」

「……それ、友達って言うのかな？」

「あなたくらいの男の人が私くらいの女の子と友達になるには、それくらいの対価が必要なの。常識だよ？」

「そういうものなのか」

「そういうものなの」自信たっぷりに佐薙は言い切った。「嫌なら別にいいんだよ？あなたがどうなろうと、私には知ったことじゃないし」

「わかった。払う」高坂は一回りほど年下の少女の要求に唯々《いい》諾々《だくだく》と従った。それから周囲をきょろきょろと見回しながら訊いた。「……ちなみに、このやりとり、和泉さんには聞かれていないんだよね？」

「うん、大丈夫」

「どうしてそう言い切れるんだ？」

「経験に基づく勘」と彼女は答えた。「さあ、早くお金をよこしなさい」

「……報酬を受けとってからじゃ駄目かな？」

「だめ。先払いじゃないと信用できない」

「今は持ち合わせが少ない。次に会うときまで待ってくれないか」

「いいけど、ごまかそうとしないでね。私の気を損ねたら、交番に行って、あることないこと喋っちゃうから」

「嘘じゃない。次に会うときまでに用意する」

「じゃあ、明日こっちから会いにいくよ。住所を教えて」

なんて強引な女の子だ、と高坂は辟易《へきえき》した。渋々マンションの住所を伝えると、佐薙はそれをスマートフォンに入力した。マップアプリで位置を確認しているようだ。

「ここから歩いていける距離なんだね」と佐薙は独りごちた。「帰宅は何時頃？」

「いつでも」

「いつでも、って……仕事は？」

「してない」

「なら、どうしてスーツを着てるの？」

説明が面倒だったので、高坂は「見栄《みえ》だよ」と答えた。

佐薙は心底呆《あき》れた表情を浮かべたが、直後、「まあ、私も他人のことは言えないか」とつぶやいて自身の服装に目をやった。高坂はそれに続く言葉を待ったが、彼女は一人肯いて自己完結してしまった。

「ちょうど、日中に暇《ひま》を潰す場所がほしかったの。平日に外をうろちょろしてると補導されるからね」

「学校には行っていないの？」

佐薙はその問いを無視した。無意味な問いだったと高坂も思った。真っ当な学校生活を送っている高校生が、髪をこんな色に染めたりピアスを開けたりしているはずがない。

「明日、適当な時間に遊びにいくね。ばいばい」

そう言うと、佐薙はヘッドフォンをかけ、高坂に背を向けて歩き出した。慌てて「待ってくれ」と引き止めたが、その声は音楽に遮られて届かなかった。

困ったことになったぞ、と高坂は思った。
彼の聖域に、危機が迫っていた。

第3章　虫愛づる姫君

初めて恋人ができたのは十九歳の秋だった。特に親しくもない高校時代の知人からふたつ年上の女の子を紹介され、流されるままにつきあい始めた。容姿も性格も趣味も特技も、何もかもが平均的な女の子だった。今ではろくに顔も思い出せない。記憶に残っているのは、髪が短くて、笑うと笑窪《えくぼ》の出る子だったということだけだ。

交際を始める前に、高坂は思いきって自分が潔癖症であることを打ち明けた。日常生活に支障を来しかねないほどの潔癖症なのだと説明したが、彼女は笑ってそれを受け入れてくれた。

「大丈夫だよ。私もかなりの綺麗好きだから、きっと気が合うと思うな」

確かに、それは嘘ではなかった。彼女は相当の綺麗好きだった。常に様々な除菌グッズを持ち歩いていて、頻繁に手を洗い、平日は一日に二回、休日は三回シャワーを浴びた。

しかし高坂に言わせれば、それはやはり単なる「綺麗好き」にすぎなかった。少々衛生《えいせい》観念が強いというだけで、彼の抱える強迫観念とは決定的な違いがあった。

どれほどの潔癖家だろうと、信頼さえあればたいていの障害は乗り越えられるというのが彼女の持論《じろん》だった。どんなに信頼し合っていても無理なものは無理だと高坂が主張すると、それは信頼が足りないだけだと彼女は反論した。彼がいつまでたってもキスをするどころか手を繋ごうとさえしないでいるのを、彼女は愛の不足の証《あかし》と見なしていた。実際のところ愛は不足していたが、しかしそれ以前の問題なのだと理解してもらおうとしても、彼女は耳を貸さなかった。

半ば近い性格であることが災いした。彼女は、自分は潔癖症に理解があると思い込んでおり、加えて自身の綺麗好きに一種の矜持を持っていた。高坂が彼女の理解の範《はん》疇《ちゅう》を超えた行動――釣り銭を帰宅後に水洗いする、知人に貸したペンを処分する、小雨が降っただけで講義を休む――をとると、それは不潔恐怖ではない別の心理的要因から生じた行動だと一方的に決めつけられた。

悪い人間ではなかったが、致命的に想像力の欠けた女の子だった。三か月も関係が続いたのは奇跡だった。彼女と別れた後、新しい恋人はできていない。最初で最後の恋人だった。いや、ひょっとすると、あれは恋ですらなかったのかもしれない。

佐薙ひじりが部屋を訪れたのは、午後二時を回った頃だった。インターフォンが鳴り、続いてドアをがんがんと蹴《け》るような音が聞こえた。鍵を外してドアを開けてやると、カーディガンのポケットに両手を突っ込んだ佐薙が、不機嫌そうに唇を結んで立っていた。

「鍵くらい開けておいてよ。私が入るところ、ほかの住人に見られたいの？」

「悪かった」と高坂は詫《わ》びた。

「お金、用意したんでしょうね？」

用意していた封筒を渡すと、佐薙はその場で開いて中身を確認した。指定通りの金額が入っていることがわかると、彼女はそれを元通りにして鞄にしまった。

「約束通り、友達になってあげる」佐薙はにこりと微笑《ほほえ》んだ。「よろしくね」

「よろしく」と高坂も儀礼的に返した。「それはそうと、部屋に入る前に、ひとつ頼みがあるんだけれど……」

除菌用のウェットティッシュを持ってくるから、肌が出ている部分だけでいいから消毒してくれないかと頼もうとしたのだが、遅かった。彼女はローファーを脱ぎ捨てると、高坂が用意しておいたスリッパを無視して居室に入っていき、我がもの顔でベッドに腰を下ろした。高坂は思わず悲鳴を上げそうになった。

「待ってくれ、頼むからベッドはやめてくれないか」ワークチェアを指さして高坂は言った。「座るならあっちにしてくれ」

「いやだ」

高坂の訴えも虚《むな》しく、佐薙はそのままベッドにうつぶせに寝転がり、枕《まくら》を顎《あご》の下に挟むと、鞄から取り出した本を読み始めた。最悪だ、と高坂は頭を抱えた。彼女が帰ったらあのシーツや枕カバーは洗濯《せんたく》しなければならない。

「ところで君、いつまでここにいるつもり？」

「二時間くらい」と佐薙は本に視線を注いだまま言った。

「ええっと……そのあいだ、僕はどうすればいいんだろう？」

「さあ。コンピュータウイルスでも作ってれば？」

そう言うと、佐薙はヘッドフォンをかけて音楽を聴き始めた。高坂とコミュニケーションをとるつもりは微塵もないらしい。

高坂はワークチェアに腰を下ろし、ベッドに背を向けて読みさしの本を開いた。本を読みたい気分ではなかったが、ほかに何をすればいいのかわからなかった。数ページ読み進めたところで、背後からライターを擦る音が聞こえた。振り向くと、佐薙が煙草に火をつけようとしていた。

「煙草は駄目だ」高坂は慌てて立ち上がり、佐薙の耳元で注意した。「この部屋にいるあいだは我慢してくれ」

「……うるさいなあ」

佐薙は不承不承ライターを閉じ、咥えていた煙草をソフトケースに戻した。高坂は安堵《あんど》の溜め息をついた。それにしても、よく一度咥えた煙草をケースに戻せるものだ。汚いとは思わないのだろうか。いや、そんな衛生観念の持ち主なら、そもそも煙草を吸わないか。

喫煙を注意されたあとは、佐薙は大人しくベッドで読書に耽《ふけ》っていた。どんな本を読んでいるのだろうとそれとなく覗いてみたが、文字が小さくて内容はわからず、革のブックカバーのせいで表紙も見えなかった。

高坂は再び本を開いた。しかし文章に集中できず、彼は頁《ページ》の余白を眺めながら、本の内容とは関係のないことを考え始めた。

結局、あの和泉という男は、なんのために僕を雇ったのだろう？　彼は僕が佐薙に対してどのような役割を果たすことを期待しているのだろう？　和泉は「子供の面倒を見てほしい」と言っていた。それから、「佐薙ひじりと友達になれ」とも。そしてどうやら、彼女は学校にはあまり真面目《まじめ》に通っていないらしい。以上から推察するに、僕の期待される役割は、「友人として、不登校児である佐薙ひじりの学校復帰を手助けする役」あたりが妥当なところだろうか。

しかし、すると和泉の口にした「適性」という言葉が気になってくる。不登校児を導く役割が求められていたとして、自分にその適性があるとは思えない。反面教師としては優秀だろうが。

あるいはもっと単純に考えるべきなのかもしれない。佐薙ひじりの親は娘に甘く、彼女が学校を休むのを黙認するどころか、退屈しないように友人役を雇ってあげている。その場合、「適性」とは、社会不適合者仲間としての適性ということになるのだろう。案外、こちらのほうが真実に近い気もする。

だがいずれにせよ、未成年の娘を二十七歳の男に預けるのがまともでないのは確《たし》かだ。佐薙が僕の部屋にいることを和泉や佐薙の両親は把握しているのだろうか、と高坂は思った。もしかするとあの和泉という男は、僕が潔癖症のせいで女性に手を出せないと知っていたから友人役に選んだのだろうか？　だとすれば、彼の判断は非常に的確だ。たとえ頼まれたとしても、僕は佐薙ひじりに指一本触れることができない。それもまた適性と言えば適性だろう。

一時間ほどして、佐薙がヘッドフォンを外したタイミングを見計らい、高坂は訊いた。

「なあひじりちゃん、和泉さんは僕にどんな役割を求めているんだと思う？」

「さあね。更生の手助けになればとでも思ったんじゃない？」佐薙は寝返りを打ちながら言った。「あと、『ひじりちゃん』はやめて。なんか気持ち悪い」

「君の面倒を見ろと言われてるんだけど、具体的に何をすればいいんだろう？」

「何もしないで」佐薙は冷たく言い放った。「こうやって適当に和泉さんの目をごまかして、彼が諦めるのを待ってるのが一番なの。本気で友達になろうだなんて思わないでね。どうせ、無理だから」

「……わかった」

高坂は肯いた。彼女の言う通り、それがもっとも無難《ぶなん》そうだった。

「ああ、でも」と彼女はつけ足した。「連絡先は一応交換しておこうかな。そうしないと和泉さんに不自然だって思われるだろうし」

佐薙はスマートフォンを差し出した。高坂は顔を引きつらせつつそれを受け取った。

「登録しておいて」

高坂は指示に従い彼女のスマートフォンに連絡先を登録した。うっすらと予想はしていたが、彼女の電話帳には三つしか連絡先が登録されていなかった。おまけにその三つとも、名前が入力されていなかった。あまり熱心に人づきあいをするというタイプではないようだ。

作業を終えると、高坂はこっそりと消毒剤で手を洗浄した。他人の持ち物など、何がついているかわからない。日常的に使うものなら尚更《なおさら》だ。

二時間が経過すると、佐薙は本を閉じて鞄にしまい、部屋を出て行った。高坂はシーツを洗濯機に入れ、部屋中を掃除して回り、それからシャワーを一時間近く浴びた。

「明日は午後六時くらいにくるから」と佐薙は言っていた。冗談じゃないぞ、と高坂は嘆息した。このままでは僕の聖域が完全に穢《けが》されてしまう。何か汚染を防ぐ手立てはないものか。理想を言えば、佐薙には居室に入る前に軽くシャワーを浴びて清潔な服に着替えてもらいたいのだが、そんなことを頼めば彼女は間違いなく腹を立てるだろう。それどころか、あらぬ誤解を生んでしまうかもしれない。

結局、よいアイディアは生まれなかった。翌日もその翌日も、佐薙は部屋中に汚れをばら撒いていった。本人に悪気はないのかもしれないが、おかげで高坂はすっかりノイローゼになり、眠れない夜が続いた。彼の部屋は、もはや聖域としての機能を失ってしまっていた。佐薙はいつもベッドの真ん中に寝転がっていたので、高坂はベッドの隅で眠るようになった。慣れないうちは何度も床に落ちそうになったが、やがてよい案配に体を配置する術を身に付けた。

一言、「僕は潔癖症なんだ」と言えば、佐薙もちょっとくらいは配慮《はいりょ》してくれたかもしれない。しかし、恋人と別れてからというもの、高坂は誰にも潔癖症を明かしたことがなかった。それだけではなく、人目のある場所では極力強迫行為をとらないよう懸命に努力してきた。実際、いくつかの職場では、高坂が潔癖症だと気づかなかった者もいたほどだ。彼らは高坂のことを、単に仕事が遅くて人づきあいの悪い男としか思っていなかった。

素直に潔癖症であることを周知してしまえば、この生きにくさも少しは緩和《かんわ》されるかもしれない――などという考えを持ったことは、一度もなかった。しかし、これは彼が特別頑固だったというわけではない。強迫性障害の患者は、強迫観念や強迫行為を他者の目から隠したがるものなのだ。

本人も異常性を自覚している、というのがこの病の特徴だ。彼らは自身の精神状態を健常者に「わかってもらおう」とはしない。理解を得られないであろうことを承知しているためだ。それだけ自己を客観視できているにもかかわらず、強迫行為をやめることはできない。合理的な説得はほとんど無意味だ。SSRIを用いた薬物療法《やくぶつりょうほう》や曝露法《ばくろほう》・反応妨害法といった行動療法が有効だと言われているが、高坂は大学時代にそれらの治療を受けて、逆に強迫症状を悪化させてしまっていた。

佐薙が高坂の潔癖症に気づいているかどうかは、微妙なところだった。部屋に漂う消毒液の匂いを嗅《か》いで、たびたび「なんか保健室みたい」と不満を漏らしてはいたが、それだけだった。


金髪にピアスという外見にそぐわず、佐薙ひじりは本の虫だった。小説や詩には興味がないのか、専門書や学術雑誌ばかり読んでいた。一度、彼女が本を開いたまま眠り込んでしまったことがあり、内容を盗み見ることができた。そのとき彼女が読んでいたのは、寄生虫疾患《しっかん》に関する本だった。

その後も何度か覗き見る機会があったが、佐薙が読んでいる本の九割は寄生虫に関連するものだった。どうやら彼女は、寄生虫という生物に並々ならぬ関心を抱いているらしい。

高校時代に習った『堤中納言物語《つつみちゅうなごんものがたり》』の一篇、『虫愛《むしめ》づる姫君《ひめぎみ》』を思い出した。容姿に恵まれているにもかかわらず、化粧もお歯黒もせずに毛虫を眺めてばかりいた変わり者の話だ。和泉からお姫様のように過保護に扱われ、寄生虫の本ばかり読んでいる彼女に、そのあだ名はぴったりだった。

金髪、ピアス、短いスカート、煙草、そして寄生虫。いずれも高坂にとっては「不潔」の象徴であり、佐薙ひじりはそれらを兼ね備えた不潔の体現者とでも呼ぶべき存在だった。一方、佐薙は初めから高坂という人間に関心がなく、彼に対しては時間を潰す場所を提供してもらう以上のことを期待していないようだった。これだけ近くで過ごしていても、二人の間には、高く厚い壁がそびえ立っていた。

*

佐薙と出会ってから、ちょうど一週間が過ぎた。

いつもはインターフォンが鳴った直後にドアが開いて佐薙が入ってくるのだが、その日は違った。インターフォンの余韻が収まっても、ドアは微動だにしなかった。この訪問者は佐薙ではない、と高坂は判断した。

玄関まで行ってドアを開けると、果たしてそこには和泉が立っていた。今日《きょう》も彼はくたびれたスーツの上に薄汚れたチェスターコートを羽織っていた。相変わらず髪は脂っぽく、無精髭を二日分ほど生やしていた。

高坂は無言で和泉を中に入れてドアを閉めた。それから体が触れ合わないよう慎重に脇を通り抜け、居室を背にして彼と向かい合った。

「どうやら、上手いこと佐薙ひじりと打ち解けたみたいだな」和泉は腕組みをして高坂を賞賛した。「あんたには全然期待しちゃいなかったんだが、なかなかどうしてやるじゃないか」

「それはどうも」と高坂は素っ気なく言った。大金を払って彼女を買収したことは、黙っておいたほうがよいだろうと思った。

「参考までに訊きたいんだが、一体どんな風に声をかけたんだ？　警戒を解くのも一苦労だったろうに」

「友達になってくれと言っただけですよ」高坂はそう言ってあくびをした。連日の寝不足のせいで目は霞《かす》み、頭もぼうっとしていた。

「それで？」

「終わりです」

彼は顔をしかめた。「おいおい、嘘だろう？　それだけで佐薙ひじりがのこのこと家までついてきたっていうのか？」

「僕がここで嘘をついて、どんなメリットがあるというんですか？」

高坂が白《しら》を切ると、和泉はふんと鼻を鳴らした。

「どんなからくりか知らないが、大したもんだ。無職で犯罪者のろくでなしだが、若い女をかどわかす才はあるみたいだな」彼は小馬鹿にしたような拍手を高坂に送った。

「じゃあ早速、次の任務だ」

高坂は唖然《あぜん》として言葉を失った。次の任務？　佐薙と友達になったらそれで終わりじゃなかったのか？　まさかこの任務が終わっても次の任務、それが終わっても……と延々と続くわけじゃないだろうな？

和泉は告げた。

「佐薙ひじりから、悩みを聞き出せ。もちろん強引に聞き出すんじゃなく、自然に彼女がそれを打ち明けるように仕向けるんだ」

「悩み？」高坂は確認するように繰り返した。「あの子に悩みなんてあるんですか？」

「そりゃそうだ。悩みのない人間なんていない。それが彼女くらいの年頃の女の子なら、尚のことだ。悩むのが仕事みたいなもんさ」

「確かに、一般的にはそうかもしれませんが……」

「とはいえ、最近肌の調子が悪いとか、爪半月《そうはんげつ》が普通の人よりちょっと大きいとか、左右の目で二重の皺《しわ》の位置が違うとか、その手の些末《さまつ》な悩みを聞き出しても意味はない。今回あんたが聞き出さなきゃならないのは、彼女の不登校の原因だ」

高坂は少し考えてから訊ねた。「単に面倒だからとか、そういう理由ではないんですか？」

和泉はにやりと笑ったが、それはどことなく攻撃的な笑みだった。

「やっぱりな。自分の痛みにはやたら敏感なくせに、他人の痛みにはとことん鈍い。あんたはそういうやつだ」彼は皮肉のこもった眼差《まなざ》しで高坂を見据えた。「だからここで念を押しておくが、佐薙ひじりは、あんたが考えている以上に普通の女の子だ。そして普通の女の子が普通じゃない格好をして普通じゃない行動をとっているとしたら、それは普通じゃないことがその子の身に起きているってことなんだよ」

一歩高坂に詰め寄って、和泉は居丈高《いたけだか》に言った。

「それからもう一点忠告しておこう。あんたが俺を欺こうとしたり、佐薙ひじりを傷つけたりしたときは、ウイルスの件を告発する程度じゃ済まさない。おそらくあんたは、これまでにないくらい切迫した事態に追いやられることになる。それを頭に叩き込んでおいてくれ」

高坂は神妙に肯いた。

しかしそれからほんの数時間後、彼は意図せずに佐薙を傷つけてしまうことになる。

和泉が立ち去ると、入れ替わるようにして佐薙が現れた。彼女は部屋の主である高坂には目もくれず、特等席と化したベッドに寝転がり、枕をくるくると丸めて顎の下に挟み本を開いた。まるで地縛霊《じばくれい》になったような気分だな、と高坂は思った。僕はこの部屋で自殺した男の霊で、自分が死んだことにまだ気づいていない。既に部屋の名義は佐薙ひじりに変更されているのだが、彼女が自分を訪ねてきた客だと勘違いしているのだ。その想像はなかなか愉快だった。

とはいえ、いつまでも幽霊扱いに甘んじているわけにはいかない。今、高坂には佐薙の不登校の原因を聞き出すという使命がある。どうにかして彼女と対話を行い、上手いこと話を学校のほうに持っていき、自然にそれを打ち明けるように仕向けなければならない。

どんな風に切り出したものかと思案しているうちに、無意識に彼の視線は佐薙へと注がれていた。佐薙はヘッドフォンを外して顔を上げ、「なに?」と喧嘩《けんか》腰《ごし》に言った。

「言いたいことでもあるの?」

「そういうわけじゃない」高坂は慌てて視線を逸らし、適当な言い訳を口にした。

「その、今日もあのピアスはつけてるのかなって」

「ピアス?」

「前に見たとき、綺麗だと思ったんだ。それだけ。他意はないよ」

佐薙は訝《いぶか》しげに目を瞬《しばたた》かせた。それから、ピアスの存在を今の今まで忘れていたかのように、そっと自分の耳に触れて手触りを確かめた。

「近くで見てみる？」

「……いや、いい」

「そう」

佐薙はヘッドフォンをかけ直し、読書に戻った。

彼女の提案は意外だった。いつもの態度を考えれば、無視されるか、罵倒《ばとう》されるかのどちらかが自然な反応と言えた。

高坂は想像する。もしかすると、佐薙はあの青い花形のピアスに特別な思い入れがあったのかもしれない。それを褒められると、相手が誰であれ嬉《うれ》しいのだろう。

本心を言うと、高坂はピアスそのものが苦手だった。体に穴を開けるというのがまず信じられないし、そこに人工物を差し込むなんて、いかにも雑菌が繁殖しそうだ。きちんと毎日取り外して消毒しているのだろうか？

ピアスに限らず、腕時計《うでどけい》、スマートフォン、鞄《かばん》、眼鏡《めがね》、ヘッドフォンなどについても、彼は似たようなことを思っていた。いくら毎日シャワーを浴びたところで、身に着けるものが汚れていれば無意味ではないか。

高坂は椅子《いす》を反転させて佐薙に背を向けた。気を取り直し、再び佐薙から悩みを聞き出す方法を考え始める。あまり直接的な訊ね方をすると、和泉の差し金であることを見抜かれてしまうかもしれない。自然な流れで話をそこに持っていくにはどうすればいいのだろう？　そもそも僕は、彼女と世間話をしたことさえないのだ。

いや、と高坂は思い直す。何も和泉の言う通りにする必要はない。嘘がひとつからふたつに増えたところで、大した差はあるまい。素直に「和泉からこういう指示を受けた」と佐薙に相談《そうだん》して、金を払うなりして協力してもらえばいいのだ。簡単な話ではないか。

高坂は立ち上がり、佐薙の耳元で言った。「佐薙、ちょっと話があるんだけど」

「今度はなに？」ヘッドフォンをずらして佐薙は彼を見上げた。

「今日、和泉さんから新しい指示を与えられたんだ。君が学校にいかなくなった理由を、自然な流れで聞き出せと言われた」

「……それで？」

「協力してくれないかな。別に、本心を打ち明けなくてもいい。和泉さんを納得させるために、何かそれらしい理由をでっち上げてくれるだけでいいんだ」

佐薙が反応を返すまで、大幅なラグがあった。地球の反対側の人間と衛星中継でもしているような、焦《じ》れったい沈黙が続いた。

「自然な流れで聞き出せって言われたんでしょ？」佐薙はぷいと高坂から顔を背けた。

「じゃあ、自然な流れで聞き出せば？」

「それができそうにないから、こうして頼んでる。相応のお礼はするからさ」

「答えたくない」佐薙はきっぱりと言った。

「嘘でいいんだよ」

「嘘をつきたくない」

要するに、協力したくないということだろう。高坂はしばらく別の誘い文句を考えていたが、やがて諦めて椅子に腰を下ろした。焦ることはない。今回は、たまたま彼女の虫の居所が悪かっただけかもしれない。ここで食い下がってもかえって機嫌を損ねるだけだ。日を改めて訊ねてみよう、と彼は思った。

寝不足のせいだろう。いつの間にか、椅子の上で眠ってしまっていた。

肩に違和感があった。初めは、ただの痒《かゆ》みかと思った。しかし、その感触は徐々にはっきりとしたものに変わっていった。何かが高坂の肩をつついているのだ。ややあって、彼はそれが人の指であることに気づいた。

人の指？

全身がぞっと総毛立った。

反射的な行動だった。高坂は肩をつついていた手を振り払った。その際、伸ばしていた人差し指の爪が、相手の皮膚のどこかを掠《かす》めたのを感じた。小さな呻《うめ》き声が聞こえて、それで一気に目が覚《さ》めた。

佐薙は痛みに顔を歪《ゆが》め、高坂に引《ひ》っ掻《か》かれた右の頰《ほお》を片手で押さえていた。手を離すと、一センチほどの傷口から赤黒い血が滲《にじ》み出ているのが見えた。彼女は手のひらについた血をじっと見つめ、それからゆっくりと高坂に視線を移した。

また、やってしまった、と高坂は思った。

「……もう帰るから、一声かけようとしたんだけど」

佐薙は抑揚を欠いた声で言った。

「そんなに私に触られるのが嫌だった？」

高坂は大慌てで謝罪《しやざい》したが、佐薙は聞く耳を持たなかった。蔑《さげす》んだ目つきで彼を一《ひと》睨《にら》みすると、鞄を手に取り、ドアを乱暴に閉めて部屋を出て行った。

高坂は長いあいだ、その場に立ち尽くしていた。ドアの閉まる音の余韻が、いつまでも耳の奥で鳴り響いていた。それから彼は、ふと思い出したようにベッドシーツと枕カバーを外して洗面所に行き、着ていた服を脱いだ。それらをまとめて洗濯機に放り込みスイッチを入れると、浴室でシャワーを浴びた。

多分、もう彼女はここに来ないだろうな。

そう思った。

この期に及んで、高坂は潔癖症のことを言い出せなかった。あれは誰が相手でも生じる反応であって、佐薙に触れられるのが特別嫌だったわけではないのだ。仮に正直にそれを告白していたとして、彼女は下手《へた》な言い訳だと取り合わなかったかもしれないが……しかし、まったく釈明をしないよりは遙《はる》かにましだっただろう。あとになって、それまでの高坂の行動や言動と照らし合わせて、時間差で納得してくれた可能性だってある。

だが、既に彼はその機を逸してしまっていた。これで全部終わったな、と高坂はしみじみと思った。和泉は、肉体的にも精神的にも佐薙を傷つけてしまった僕を許さないだろう。

体を拭いて居室に戻り、高坂はふと足を止めた。先ほどは気が動転していて気がつかなかったが、床に、数滴の血痕《けっこん》があった。佐薙の顔の傷から滴り落ちたものだろう。

彼は屈《かが》み込《こ》み、その痕《あと》をまじまじと眺めた。

　他人を汚れの象徴と考える彼にとって、血液はもっとも忌《い》むべきもののひとつだった。いつもなら、一も二もなく拭き取っていただろう。しかしなぜか、この血痕に限っては残しておいたほうがよいように感じられた。戒め、というのとは少し違う。自分でもよくわからないが、もっとも相応《ふさわ》しい形容は「記念」ではないかと彼は思った。

　高坂は椅子に腰かけ、いつまでも佐薙の痕跡を眺めていた。それから、こんなことをしていないでもっと楽しいことを考えようと思った。

　……そう、たとえばSilentNightのことだ。既にあのワームはモバイルネットワーク上の隅々にまで及んでいる。この先僕がどうなろうと、SilentNightの勢いを止めることは多分誰にもできない。今から和泉がセキュリティソフト会社に駆け込んだとしても、もはや手遅れだろう。十二月二十四日、ワームは確実に発病して、莫大《ばくだい》な数のスマートフォンを機能停止に追い込むはずだ。街は上手く知人と落ち合えない人々で溢《あふ》れるだろう。その光景を想像すると、気分がすっとした。

　もちろん、単なるいたずらでは済まない。SilentNightは緊急通報用の番号が入力されたときに限り例外的に通信機能が復活するようになっていたが、それでもこのワームの影響で人生を台なしにされる人が出てくるかもしれない。死人が出たっておかしくはない。犯行が露見すれば、彼は重い罪に問われるだろう。

しかし構うものか、と高坂は居直る。僕の人生にはもう失うものがほとんどない。そこには、すがりつくべきささやかな思い出さえ見当たらないのだ。

それから数日間、高坂は以前にも増して頽廃的《たいはいてき》な生活を送った。もはやコンピュータを触ることもなくなり、ベッドの隅に寝転がって、判決が下されるのを静かに待った。することと言えば、掃除と一連の洗浄行為くらいのものだった。食事も面倒になり、水と固形の栄養機能食品のほかは一切口に入れなくなった。四日が過ぎて食料が尽きると、その後は水だけを飲んで過ごした。佐薙の顔から流れ落ちた血の痕は、いつまでも目立つ場所に残っていた。


潔癖症が原因で人を傷つけてしまうのは初めてではなかった。これまでにも彼は同じような失敗を幾度となく重ねてきた。細かいものを数えあげたらきりがないほどだ。当然大勢の人間から嫌われることになったが、それ以上に辛《つら》かったのは、ときおり、親切に手を差し伸べてくれた人々にまで無礼極まりない態度をとってしまったことだった。

そのときの彼らの傷ついた表情は、ひとつとして欠けることなく、いつまでも高坂の脳裏に焼きついていた。ただ誤解によって相手を怒らせたとか嫌われてしまったというだけなら、耳を塞《ふさ》ぎ頭を屈めてやり過ごすことができる。しかし純粋な親切心からの行為を拒絶してしまったという罪悪感は、時間という最高の名医をもってしても消し去ることができなかった。

いつもは帰宅時間になると無言で部屋を出て行く佐薙が、あの日だけはわざわざ眠っている高坂を起こしてまで別れの挨拶《あいさつ》をしようとしたのは、ピアスを褒められたことで彼に心を開いた証だったのかもしれない。となると、彼はまたしても人の好意を無下にしてしまったということになる。

一体いつまでこういうことを繰り返せばいいんだろう、と高坂は思った。「いっそ、寝ているあいだに誰かが手際よく息の根を止めてくれればいいんだけれど」と彼は声に出して言ってみた。何気なく口にしたそのアイディアは、彼の心境に驚くほどぴったりと馴染《なじ》んだ。まさしくこれこそが僕の望みなのだ、という気さえした。

だとすれば、この二十七年間、僕はなんのために生きてきたのだろう？

あるいはそれは、死に方を探すための二十七年だったのかもしれない。生き方を選べないなら、せめて死に方くらいはじっくり選びたいと考えたのだ。この仮定が正しければ、相応しい方法が見つかりさえすれば、僕はすぐにでもそれを実行に移すということだろう。

高坂の中には明瞭《めいりょう》なイメージがあった。彼は学校の保健室のベッドで目を覚ます。室内は薄暗く、ひっそりと静まりかえっている。窓の外には曇《くも》り空が広がっていて、じっと目を凝《こ》らすと雪が降っているのがわかる。見たところ彼のほかに人はいないようだが、少し前に誰かがそこから立ち去った際の空気の揺らぎのようなものをまだ感じ取ることができる。耳を凝らすと、たまにドアを開閉する音や誰かの足音がするどの音も、ずっと遠くから聞こえる。——ずいぶん眠っていたようだ。彼はふと不安になり、顔を上げて掛け時計を見やる。ひょっとしたら、僕が寝ているうちに一日が終わってしまったのではないだろうか。しかしそれは杞憂《きゆう》で、時刻はまだ午後の四時を回ったところだ。まだ眠っていていいのだ。彼は安堵《あんど》して再び横になり、毛布に包《くる》まってそっと瞼《まぶた》を閉じる。そして、二度と目を覚ますことはない。

そんな風に死んでいけたらいい、と彼は思う。

＊

電話があったのは十二月十日、佐薙が部屋に来なくなってから四日目の午後だった。

着信音を聞いた高坂はほとんど無意識にスマートフォンを摑み、ディスプレイに表示されている「佐薙ひじり」の文字を見て即座に通話ボタンを押した。

「もしもし」と彼は送話口に呼びかけた。

長い空白があった。高坂が相手側のスマートフォンの誤操作を疑い始めた頃、ようやく佐薙が口を開いた。

「いま、寒河江橋《さがえばし》の下にいる」

高坂は記憶を辿る。彼のマンションのある住宅街と町の中心部を隔てている川に架かる橋のひとつが、そんな名前だった気がする。

「それで?」と彼は訊いた。

「迎えに来て」

電話越しだからかもしれないが、彼女の声は心なしか弱々しく、いつもの刺々《とげとげ》しさが感じられなかった。

「……悪いけど、外は苦手なんだ」

「知ってる。でも、来てほしい」

お願い、と佐薙はつけ加えた。僕が通話をしている相手は本当に佐薙ひじり本人なのだろうか、と高坂は首を捻った。あの少女が下手に出るなんて。

「わかったよ」彼は渋々了承した。事情は判然としないが、状況が切迫していることだけは伝わってきた。「すぐに向かう。三十分くらいで着くと思う」

「……ありがとう」

佐薙は消え入りそうな声で礼を言った。

電話を切ると、高坂はマスクとラテックス手袋を着用し、鞄に除菌グッズが入っていることを確認して、万全の態勢でマンションを出た。

引き籠もっているあいだカーテンを閉め切っていたせいか、陽射《ひざ》しが強いわけでもないのにいつまでたっても目が明るさに順応しなかった。辺りに積もった雪が陽光を反射し、ちくちくと彼の目を刺した。ここ数日の不摂生で体重は落ちているはずなのだが、やけに体が重く感じられた。筋力が落ちてしまっているのだろう。

バスに乗れば十分で済む道のりを、彼は倍以上の時間をかけて歩いて行った。やがて寒河江橋が見えてきた。土手の階段を下り、遊歩道に沿って進む。橋脚の傍らに、誰かが顔を伏せて蹲《うずくま》っているのが見えた。

「佐薙」

脇に立って高坂が声をかけると、佐薙はゆっくりと顔を上げた。橋の下は影になっていて薄暗かったが、それでも彼女の顔色の悪さははっきりと見て取れた。真冬だというのに、彼女の首筋は汗でぐっしょりと濡《ぬ》れていた。

「体調が悪いのか?」

佐薙はふるふると首を振った。そうではないが、説明が難しいのだとでも言いたげな仕草だった。

「立てる?」

彼女は黙り込んでいた。答えたくないというより、自分でも答えがわからなくて戸惑っているようだった。

「焦らなくていい」高坂は佐薙を気遣って言った。「気分がよくなるまで待つよ」

彼は佐薙から五十センチほど離れたところにおずおずと腰を下ろした。本音を言えば、こんな湿っぽくて空気の淀《よど》んだ場所は一刻も早く離れたかったのだが、今の彼女を急《せ》かすのはさすがに酷だろうと思ったのだ。

それからちょうど一時間が過ぎて、佐薙はようやく腰を上げた。高坂が続いて立ち上がると、佐薙は遠慮がちに彼のコートの裾《すそ》を摑んだ。それくらいの間接的な接触なら、彼もなんとか我慢することができた。

二人は歩き出した。ふと高坂は、佐薙の頭にいつものヘッドフォンが見当たらないことに気づいた。今日の彼女がやけに無防備に見えたのは、そのせいもあったのかもしれない。

マンションに着いてからしばらくのあいだ、佐薙はベッドの上で膝を抱えていた。何か温かいものでも飲むかと声をかけてみたが、反応はなかった。やがて日が落ちてきたので照明をつけようとすると、佐薙が「明かりはつけないで」と制止した。高坂は伸ばしかけた腕を引っ込めた。

それから小一時間が過ぎた。日はとっぷりと暮れ、部屋は真っ暗で、コンピュータとルータの電源ランプがいやに眩《まぶ》しかった。

佐薙はなんの前触れもなく立ち上がり、照明のスイッチを入れた。人工的な青白い光が部屋の隅々まで照らし、あらゆるものの形がくっきりと浮かび上がった。それから彼女はベッドに戻り、いつもみたいに枕を顎の下に挟んで寝転がった。しかし本は開かなかった。

「何があったんだ？」と高坂は訊いた。

佐薙は振り向きかけ、しかし途中でそれをやめて、枕に顔を埋めた。

「一人では帰れないような事情があったんだね？」

長い間を置いて、佐薙は「うん」とそれを認めた。

「……あのね」と彼女は切り出した。「人と、目を合わせるのが怖いの」

「どういうこと？」

すると、佐薙は訥々《とつとつ》と語った。

「自意識過剰だってことは、百も承知してる。でも、駄目なんだ。会う人会う人全員が、私をじろじろ見てる気がするの。と言っても、視線そのものは大した問題じゃなくて……ほら、『見られてる』って思うと、ついこっちも視線を送り返しちゃうでしょ？すると、もともとは別のどこかを見ていた相手も、私の視線を感じてこっちを見返すわけ。そうやって目が合ったとき——もう、言葉じゃ言い表せないくらい嫌な気分になる。自室に土足で踏み入られて、クローゼットや抽斗《ひきだし》なんかを隅々まで掻き回されたような、そんな不快感に襲われるの」

はっとさせられた。言われてみると、出会ってから今まで、高坂は佐薙と目が合ったことがほとんどなかった。視線が瞬間的に交錯したことは何度かあったが、「目を合わせた」と断言できるような瞬間は、ひょっとすると一度もなかったかもしれない。

佐薙は続けた。「だからと言って、まったく外に出ないわけにもいかないし、目をつむって外を歩くわけにもいかないでしょ？　対策がないか調べてみたら、ある種の道具に頼ることで症状が軽減する場合があるってわかったの。それで、色々試してみたんだけど……どういうわけか、一番効果があったのは、眼鏡でもマスクでも帽子でもなく、ヘッドフォンだったんだ」

「ああ……」高坂は得心して肯いた。「だから、いつもあんなに大きなヘッドフォンをかけていたのか」

「そう。目が合うのが怖くて耳を塞ぐなんて、意味わかんないよね」

佐薙は自嘲《じちょう》するように笑った。

「いや」高坂は首を振った。「わかる気がする」

嘘ではなかった。強迫観念というのがどこまでいっても不合理なものであるということは自身の経験から嫌というほどわかっていたし、そもそも高坂にとって、視線恐怖症は初めて耳にする症状ではなかった。潔癖症に関連する書物を読み漁《あさ》る過程で、嫌でもほかの強迫症状の知識は身に付いた。ヘッドフォンをしなければ人混《ひとご》みを歩けない人の話も、どこかで読んだことがある。人の目が怖いのに、わざわざ奇抜な格好をしたり、髪を目立つような色に染めたりする人の話も。

高坂は彼らの気持ちをある程度までは理解することができた。サングラスでもマスクでもなく、ヘッドフォンが視線恐怖を抑えるのに有効というのは、聴覚を遮断することで「自分がそこにいる」という現実感が希薄《きはく》になるからだろう。わざわざ髪を派《は》手《で》な色に染めたり人目を引くような格好をしたりするのは、脆弱《ぜいじゃく》な心を守るための虚勢、あるいは周囲への牽制《けんせい》みたいなものではないだろうか。どぎつい警戒色を身に纏《まと》いスズメバチに擬態《ぎたい》することで捕食者を退ける虫のようなもので、格好だけでも不良の真似《まね》をしていれば——視線を集めることにはなるかもしれないが——目が合う回数そのものは減少する。

「なるほど、視線恐怖か……」高坂はもう一度肯いた。「言われてみるまで全然気づかなかったよ。上手く隠していたんだね」

「……あなたの前ではそうだったかもね。でも、ほかの人の前じゃ、こうはいかない」

佐薙はちらりと高坂を盗み見て、すぐに視線を戻した。「あなた、話をするとき、人の目を見ようとしないでしょ？」

その通りだった。視線恐怖とまではいかないにしても、高坂も、他人と目を合わせることには苦手意識があった（もっとも彼が他人と目を合わせるのを嫌うのは、視線が怖いというよりは、汚物を直視したくないという理由からだが）。

和泉の言っていた「適性」の意味が、ここに来てようやく理解できた。要するにこの少女は、人の目を見ようとしない臆病者《おくびょうもの》としかつきあえないのだ。

佐薙は少しずつ、高坂に電話をかけるに至った経緯を語り出した。

今日の正午過ぎ、彼女はいつものように図書館《としょかん》へ向かった。借りていた本を返却して次の本を品定めしている最中、ふと彼女は、いつもよりも視線恐怖の症状が軽いことに気づいた。毎日高坂のもとに通っていた効果が、今更になって表れ始めたのかもしれない。

彼女は足を止めて思案した。リハビリがてら、このまま図書館で本を読んでいくというのはどうだろう？　休日だけあって館内はそこそこ混み合っていたが、訓練としては、これくらいの刺激があったほうが効果的かもしれない。

佐薙は空席に腰を下ろし、本を開いた。初めのうちはありもしない視線が気になって集中できなかったが、次第によい具合に視野が狭まり、文字だけに注意が向くようになっていった。

半分ほど読み進めたところで、休憩《きゅうけい》を挟むことにした。凝り固まった体をほぐすために立ち上がり、ふらふらと書架のあいだを歩いた。そうやって意味もなく図書館を散歩するのが、彼女は好きだった。内容に関心のない本でも、なんとなく手にとって、その装丁、形、重み、匂い、感触を確かめるだけで楽しかった。

席を外していた時間は三分にも満たなかったはずだ。しかし戻ってきたとき、そこからは大切なものが消えてしまっていた。椅子にかけておいたヘッドフォンが、どこにも見当たらなかった。

佐薙は咄嗟に辺りを見回した。席には読みさしの本があったし、ほかにも荷物は置いてあるのだから、忘れ物として回収された可能性は低い。盗まれたのだ。

彼女はヘッドフォンを放置して席を立った自分の迂闊《うかつ》さを恨んだ。あれがなければ人混みを歩くことも電車に乗ることもできないというのに、なぜそんな大切なものを放置してしまったのか。

本を鞄にしまい、おぼつかない足取りで図書館を出た。ここから一時間かけて歩いて帰るべきか、我慢して電車を使うべきか。どちらも同じくらい困難に思えた。前向きに捉《とら》えよう、と彼女は自分に言い聞かせた。考えようによっては、これはチャンスだ。この試練を乗り切ったとき、私の強迫症状は今よりずっと穏《おだ》やかなものになっているに違いない。

しかし図書館を出てから五分と経たないうちに、彼女の心はずたずたになっていた。これまで自分がどうやって外を歩いていたのか思い出せなかった。どんな表情をして、どこに視線を置いて、どれくらいの歩幅で、どんな風に手を振って歩いていたのか。考えれば考えるほど彼女の挙動はぎこちなくなり、それにつれて視線恐怖は増した。

彼女は逃げるように道を外れて土手を下り、寒河江橋の下に身を潜め、藁《わら》にもすがる思いで高坂に電話をかけた。

話はそれで終わりだった。

「……よくなってきたと、思ってたんだけどな」と佐薙は最後につぶやいた。

しばらくして、啜《すす》り泣《な》くような声が聞こえてきた。

発作を起こしたあと、自信をなくして弱気になってしまう気持ちは、痛いほど理解できた。そしてそんなとき、言葉による慰めがほとんど効力を持たないことも知っていた。だから高坂は黙っていた。このまま泣かせておいてやろう。

だが彼の意に反して、佐薙はすぐに泣《な》き止《や》んでしまった。手のひらで涙を拭《ぬぐ》い一度深呼吸すると、上体を起こして体を反転させ、ベッドの端に座った。そして一瞬、含みのある眼差しを高坂に向けた。

佐薙は僕に何か期待しているのかもしれない。あるいは僕が佐薙に何かしてやりたくて、それを彼女の眼差しに投影《とうえい》しているのかもしれない。どちらにせよ、結論は変わらない。僕は彼女に何かしてやるべきなのだ、と高坂は強く思う。僕とは違い、彼女はまだ色々なことを簡単には割りきれない、脆《もろ》く傷つきやすい年齢にある。今が一番支えを必要としている時期なのだ。

高坂は佐薙の隣に腰かけた。そしておそるおそる手を伸ばした。部屋に戻ったときに手袋は外してしまっていたので、素手だった。彼の手は佐薙の頭部に触れた。

瞬間、頭の中を「毛穴」「皮脂」「角質」「皮膚常在菌」「毛包虫《もうほうちゅう》」といったおぞましい言葉の数々が駆け巡った。しかし高坂はそれらに戦慄《せんりつ》することを一時的に保留した。悲鳴を上げたければ、彼女が帰ったあとでいくらでも上げればいい。だが、今はまだそのときではない。

佐薙は驚いて顔を上げた。だが嫌がる素振りは見せなかった。

高坂は、佐薙の頭の上に置いた手をぎこちなく動かした。

撫《な》でている、つもりだった。

「……無理しなくていいよ」佐薙が溜め息交じりに言った。

「無理なんてしてない」

そう言って高坂は微笑《ほほえ》んでみせた。しかし、彼の体の震えは手の触れている部分を通して直《じか》に彼女に伝わってしまっていた。

彼は執拗《しつよう》に佐薙の頭を撫でた。これが終わったらもう同じことは繰り返せないから、今のうちにたくさん撫でておこうとでも思ったのかもしれない。

「もういいから」

佐薙が拒んでも、彼は「よくない」と言って聞かなかった。

「わかったわかった。元気になったから。もう慰めなくていいです」

その言葉を聞いて、高坂はようやく彼女の頭から手を離した。

「気は紛れた？」と高坂は訊いた。

「馬鹿じゃないの」

佐薙は呆《あき》れ顔で言ったが、気が紛れたのは否定しようのない事実らしかった。彼女の声は、僅かではあるが明るさを取り戻していた。

「頬の傷のこと、本当に悪かった」と高坂は謝った。「まだ痛む？」

「別に。これくらい、なんでもないよ」佐薙はかさぶたになった傷口を指でそっとなぞった。「……手、洗ってくれば？」

「いや。このままでいい」

「そう」

高坂は佐薙に触れた右手をじっと眺めていた。その手にはまだ震えが残っていたが、彼は今すぐシャワーを浴びに行きたいという衝動《しょうどう》をどうにか抑えることができた。

「ひとつ、笑い話をしよう」と高坂は言った。

「笑い話？」

「実を言うと、僕は潔癖症なんだ」

「……うん。知ってる」

「そうだろうね」高坂は苦笑した。「自分以外の人間が、おそろしく汚らわしい存在に感じられる。彼らに触れるだけで、彼らの触れたものに触れただけで、同じ空気を吸っているだけで、病気になってしまう気がする。それが気持ちの問題にすぎないってことは、僕自身が一番よくわかってる。でもどうしようもないんだ。色んな治療法を試してみたけど、症状は重くなる一方だった」

そこで高坂はちらりと佐薙の表情を窺《うかが》った。

「続けて」と彼女は言った。

「初めて恋人ができたときも、キスをするどころか、手を繋ぐことさえできなかった。ある日、その恋人が手料理をふるまってくれた。そういう家庭的なあれこれが得意な子だったんだ。実際、その料理はよくできていた。でも、彼女が丹精込めて作ってくれたにもかかわらず――あるいはだからこそ――僕はそれを食べるのに、ものすごい抵抗を感じた。どれだけ理性で抑えつけようとしても、彼女がそれらの食材に素手で触れたって思うだけで駄目なんだ。正直、一口だって食べたくなかった。それでも、せっかく作ってくれたんだから突き返したら失礼だと思って、頭を空っぽにして無理《む》矢理《り》掻《か》き込《こ》んだ。どうなったと思う？」

佐薙は無言で首を振った。考えたくもない、とでも言いたげに。

「半分くらい食べたところで、恋人の目の前でそれを吐いてしまったんだ。あのときの彼女の顔は忘れられないね。結局、それから十日も保《も》たずに別れたよ。今でもたまに、そのときの夢を見る。料理は回を重ねるごとに手が込んだものになっていく。そして彼女と別れて以来、恋人らしき相手は一度もできていない」

佐薙はゆっくりと頭を振った。「……その話、あんまり笑えない」

「そうかな。二十七歳にもなってキスのひとつもしたことがないって、ちょっと笑えない？」

高坂の笑い話が不発に終わると、佐薙はベッドを下りて大きく伸びをした。それから何を思ったのか、彼女は衛生用品の置いてある飾り棚のディスペンサーに手を伸ばし、消毒液をたっぷりと出して両手に塗りたくった。その上から使い捨てのラテックス手袋を慎重に嵌《は》め、マスクまで装着すると、準備が整ったとばかりに高坂のほうを振り向いた。

何をするつもりか、訊ねる間も与えられなかった。

佐薙は高坂の肩を両手で摑み、マスク越しに唇を重ねた。

薄い布を挟んではいたが、ほのかに、柔らかい唇の感触があった。

高坂がその行為の意味を理解した頃には、彼女は唇を離していた。

「これで我慢しなさい」

佐薙はマスクを外しながら言った。

高坂は言葉を失い、電池が切れた玩具《おもちゃ》みたいに動作を停止していた。

呼吸をすることさえ忘れていたかもしれない。

「なんのつもり?」高坂はやっとのことで訊いた。

「あなたが可哀想《かわいそう》だからキスしてあげたの。感謝して」

「……それは、ご丁寧にどうも」

高坂が複雑な表情で礼を言うと、佐薙はつけ加えた。

「それに、私もしたことなかったから、ちょうどいいかなって」

何がどう〝ちょうどいい〟のかはわからなかったが、彼女の表情から察するに、悪い意味ではなさそうだった。

「……さてと。じゃあ、そろそろお暇《いとま》するよ」

佐薙は立ち上がって鞄を摑んだ。

「一人で帰れるのか？」高坂は心配して訊いた。

「うん。大した距離じゃないし、もう人通りも少ないから」

「そうか」

大丈夫そうだ、と高坂は彼女の声色《こわいろ》から判断した。

それから高坂はふと思いついて、デスクの一番下の抽斗を開けてヘッドフォンを取り出し、それを佐薙の首にかけてやった。

「いいの？　汚れちゃうよ？」佐薙がやや気後れした顔で訊いた。

「もう使わないから、よかったら君にあげるよ」

佐薙は両手をヘッドフォンに添えて、嬉しそうに言った。「……そっか。助かるよ。ありがとう」

「ああ。おやすみ、佐薙」

「おやすみ、高坂さん」

高坂の目をまっすぐ見据えて、彼女は微笑んだ。

佐薙が部屋を出て行ったあと、高坂は椅子に座って目をつむり、先ほど身に起きた出来事について当《あ》て所《ど》なく思いを巡らせた。そういえば、彼女が僕のことを「高坂さん」と呼んだのはさっきのが初めてかもしれないな、などとどうでもよいことを繰り返し考えた。

三十分ほど過ぎて、ふと、自分がまだ掃除を始めずシャワーも浴びていないことに気づいて驚嘆《きょうたん》した。こんなにも長いあいだ洗浄強迫から離れていられたのは、ずいぶん久しぶりだった。

僕の中で何かが変わり始めている。そんな気がした。

第4章 This Wormy World

手袋を着け、ワークチェアに深くもたれて、高坂は雑誌を開いた。やはりと言うべきか、それは寄生虫学の学術雑誌だった。表紙には『The Journal of Parasitology』とある。当然、内容はすべて英語で書かれていた。高坂は感心した。あれくらいの年で、よくこんな難解な英文が読めるものだ。

ぱらぱらと捲《めく》っていくと、付箋《ふせん》の貼ってある頁が目に入った。論文の著者はNorman R. Stoll、タイトルは『This Wormy World』。なんと訳せばいいのだろう。この虫食いだらけの世界？　この虫けら同然の世界？　いや、これはあくまで寄生虫学の論文であるということを忘れてはならない。すると『この寄生虫に溢れた世界』あたりが妥当だろうか。

浴室から聞こえていたシャワーの音が止んだ。それから五分ほどして、寝間着《ねまき》に着替えた佐薙が姿を見せた。黒いタオルを頭に乗せている彼女を見て、高坂は「へえ」と意外そうな声を漏らした。

「どうかしたの？」佐薙が訊いた。

「いや、大したことじゃないんだけど……そうしていると、金髪の部分が隠れて、普通の女の子みたいだなって」

佐薙は目を瞬かせ、「ああ、これね」と頭のタオルを指さした。「悪かったね、普通じゃない女の子で」

「別に金髪が悪いと言ってるんじゃない。黒髪みたいに見えて、新鮮だっただけだよ」

「どうせ高坂さんは、黒髪で色白で礼儀正しくてピアスなんかしていない大人《おとな》しい子が好みなんでしょ」佐薙はベッドの上で胡座《あぐら》をかき、意地の悪い顔で言った。

「そんなことは言ってない」

「じゃあパソコンに入っていたあれをどう説明するの？」

「……なんのこと？」

「冗談だよ。からかってみただけ」

「そういう不吉な冗談はやめてくれ」

高坂は体をのけぞらせ、溜め息をついた。

佐薙はふと、彼の手元にあるものに気づいて目を丸くした。「あれ、その雑誌……」

「ああ」指摘されるまで、彼は雑誌の存在をすっかり忘れていた。「ごめん、いつも佐薙が何を読んでいるのか気になったんだ。勝手に触っちゃまずかったかな？」

「そういうわけじゃないけど……読んでみて、どう思った？」

「僕には少々難しい内容だったよ。佐薙は英語が得意なのか？」

「いや。試験の成績はあんまりよくない」

「でも論文は読めるのか」

「この分野に限ってはね。構成がみんな似てるから、慣れちゃった」

「大したもんだ。その辺の怠惰な大学生に聞かせてやりたい」それから高坂は先ほど疑問に思ったことを訊ねた。「ところで、この部分、なんて訳せばいいんだろう？」

佐薙は立ち上がって高坂の後ろに回り、肩越しに彼の指さした箇所を覗き込んだ。シャンプーの甘い香りが、彼の鼻腔《びこう》をくすぐった。いつもなら反射的に避けてしまう距離だが、今日は彼女がシャワーを浴びているので平気だった。

「大人のくせに、こんなこともわからないの？」佐薙はからかうように言った。

「君が思っているほど、大人っていうのは立派な生き物じゃないんだ」と高坂は返した。「それで、どういう意味なんだ？」

「前に読んだ本では、『この蟲《むし》だらけの世界』って訳されてたかな」佐薙は記憶を手繰るように言った。「一九四七年、寄生虫学者ノーマン・ストールが、寄生虫病が蔓延《まんえん》している世界を評して述べた言葉として有名だね」

「おぞましい言葉だ」高坂は眉《まゆ》を顰《ひそ》めた。

「ちなみに、半世紀以上経った今でも、その状況にほとんど変化はないよ。世界中の人間が、自覚のないままに何種類もの寄生虫を体内に宿してる。日本だって例外じゃない。確かに回虫症《かいちゅうしょう》、住血吸虫症《じゅうけつきゅうちゅうしょう》、マラリアのようなわかりやすい寄生虫病はなくなったけれど、依然として私たちの身の回りの至るところに寄生虫は潜んでいて、感染の機会を窺ってる。あるいはとっくに感染して、でも本人はそれに無自覚なままでいる」

高坂は嘆息した。「潔癖症の心に安寧が訪れることは、一生なさそうだ」

「残念ながらね」

佐薙は髪を乾かしてくると言って居室を出て行った。

互いの病を打ち明け合ったあの日以来、佐薙は居室に入る前にシャワーを浴びてくれるようになった。そこまで気を遣わなくてもいいと高坂は言ったのだが、彼女は「私の勝手でしょ」と言って聞かなかった。そうして体を洗い終えると、持ってきた清潔な服に着替えてきて、ベッドに寝転がって本を読み、気が向くと高坂に話しかけるのだった。

洗面所から戻ってきた佐薙は、まだお喋《しゃべ》りを続けたかったのか、ベッドに寝転がらずに高坂と向き合うように座った。

そこで、高坂は訊ねた。「いつも寄生虫の本を読んでいるみたいだけれど、一体寄生虫のどんなところが君をそこまで惹《ひ》きつけるんだ？」

「……話してもいいけれど、高坂さん、気分を悪くして倒れたりしないよね？」

「この部屋で話を聞く分には大丈夫だと思う」

「そうだなあ」佐薙は顎に手を当てて考え込んだ。「高坂さん、フタゴムシって知ってる？」

高坂が首を振って否定の意を示すと、佐薙はその寄生虫の生態を解説し始めた。終生交尾、蝶を思わせる姿、宿命づけられた一目惚れ、盲目的な恋、比翼連理の蟲。ひとしきり語ったあと、佐薙はふと自分が今までになく饒舌《じょうぜつ》になっていることに気づいて顔を赤らめたが、高坂に「続けてくれ」と促され、また少しずつ語り始めた。

「このピアス」佐薙は髪を掻き上げて高坂にそれを見せつけた。「これも、寄生虫を模したものなんだよ」

「青い花形のピアスにしか見えないけれど、そういう形の寄生虫なんだね？」

「そう。ナナホシクドアって呼ばれる粘液胞子虫。魚類と環形動物を交互宿主《しゅくしゅ》とする寄生虫なんだけど、ひとつの胞子ごとに極嚢《きょくのう》って呼ばれる六つから七つの花弁状の構造物があって、真上から見ると一輪の花のように見えるんだ。フタゴムシのキーホルダーはいくらかデフォルメされていたけど、ナナホシクドアを青色に染色すると、本当にこのピアスそのままの姿になるんだよ。調べてみて」

言われるがまま、高坂は手元にあったスマートフォンで「ナナホシクドア」を画像検索にかけた。すると佐薙のピアスにそっくりの微生物が写った顕微鏡写真がいくつか出てきた。

「ね、そっくりでしょ？」

「驚いた。本当に、こんなに綺麗《きれい》な寄生虫がいるんだ」

「まあ、食中毒の原因寄生虫で、ヒトにとっては有害な存在なんだけれど」

高坂はスマートフォンを置いて言った。「ほかに、こういう面白《おもしろ》い寄生虫はいないの？」

「うーん、じゃあ、次はちょっと趣向を変えようかな」佐薙は腕組みをしてしばらく考え込んでいた。「潔癖症の高坂さんのことだから、寄生虫に詳しくはなくても、トキソプラズマは知ってるよね？」

「ああ、それくらいは」ようやく彼の知っている名前が出てきた。「猫《ねこ》から人に感染するっていう寄生虫だろう？」

佐薙は肯いた。「そう。トキソプラズマ症を引き起こすことで有名な原虫だね。終宿主は猫だけれど、たいていの温血動物に感染できて、もちろんヒトにも感染する」

「終宿主って？」早速耳慣れない言葉が出てきたので高坂は訊いた。

「寄生虫が最終目標としている宿主のことだよ」

佐薙はその意味を嚙《か》んで含めるように説明した。

寄生虫の中には、成長段階に応じて異なる宿主に寄生するものがいる。たとえば、アニサキス症の原因寄生虫であるアニサキスという線虫は、海中で孵化《ふか》したあとオキアミなどの甲殻類に補食され、体内で消化されることなく生き延びて第三期幼虫まで成長する。続いて甲殻類が食物連鎖上位の魚類によって捕食され、アニサキスは魚類の体内でさらに成長する。その後、魚類がクジラによって捕食され、アニサキスはクジラの腸管内で第四期幼虫を経て成虫となる。成虫が産んだ卵は、クジラの排泄物《はいせつぶつ》に混じって海中に放出される。

以上がアニサキスの生活史だが、この場合、甲殻類が「第一中間宿主」、魚類が「第二中間宿主」、クジラ類が「終宿主」ということになる。終宿主というのは、寄生虫にとっての最終目標だ。終宿主に寄生しなければ、寄生虫は有性生殖を行うことができない。

「……それで、話は戻るけれど、このトキソプラズマの感染者って、世界中合わせるとどれくらいになると思う？」と佐薙は問いかけた。

「ほとんどの温血動物に感染できるっていうくらいだから、相当な数だろうね。数億人ってところかな？」

「世界人口の三分の一以上」さらりと佐薙は言った。「数十億人だね」

　高坂は目を丸くした。「そんなにいるのか」

「今の日本国内に限定すると、さすがにもう少し割合は減るかな。せいぜい一、二割ってとこ」

「どちらにせよ多いことに変わりはないな。……でも、それは裏を返せば、トキソプラズマが人間にとって無害だという証拠だろう？　そうでなければ、とっくに大騒ぎになっているはずだ」

「うん。健常者が感染する分には、まったく無問題。実際これまでは、免疫不全者や妊娠中の女性以外には無害な存在だと思われてきた。ところが最近になって、この寄生虫が、ヒトの行動や人格を変化させる可能性がある、という話が出てきたの」

　佐薙は自分のこめかみを指でつついて言った。

「以前から、トキソプラズマが宿主に与える影響については面白い研究があってね。

この原虫に感染した雄の鼠《ねずみ》って、天敵であるはずの猫を恐れなくなるんだ。どうやらトキソプラズマは、中間宿主である鼠をコントロールして、終宿主である猫に補食されやすくしているらしいんだよ」

「宿主をコントロールする？」高坂は仰天して声を上擦らせた。まるでハインラインの『人形つかい』じゃないか。

「感染鼠を解剖したら、大脳辺縁系周辺に、ものすごい数の嚢胞《のうほう》があったんだって。さらにトキソプラズマのDNAを解析したら、ドーパミンの合成に関係する遺伝子が含まれていたとか。詳しいメカニズムは私にはわからないけれど、トキソプラズマが、自分の繁殖に都合のいいように宿主を操れるってことは確かだろうね。そもそも、寄生虫が宿主を自在に操るっていうのは、よくある話なんだ。ディクロコエリウムやレウコクロリディウムがその有名な例。両方とも、中間宿主に自殺や飢餓を促すことで知られている寄生虫だよ」

高坂は少し考えてから言った。「トキソプラズマに感染した人間の脳にも、似たようなことが起きるってこと？」

「そういうこと。最近の研究では、トキソプラズマに感染している男性は、感染していない男性よりも、猫の匂いに好意的な反応を示すって結果が得られてる。ただし、女性の場合は正反対の反応を示したとか」

「妙な話だね。寄生虫の影響に、性差があるのか」

「ほかの寄生虫だとあんまり聞かないけど、トキソプラズマ研究ではたびたび見られる傾向だよ。トキソプラズマに感染することで、男性は反社会的な性格になって異性から嫌われるようになる一方、女性は社交的になって異性に好かれるようになる、みたいな研究結果がある。女性に限り、感染者は非感染者よりも自殺未遂経験者の割合が一・五倍高かったっていう報告もある」

「トキソプラズマが、女性の自殺を促しているかもしれないのか」高坂は思わず身震いした。「そんな寄生虫に、世界人口の三分の一が感染しているなんて」

「あくまでそういう可能性があるってだけだよ。実証されたわけじゃない」

「……とはいえ、背筋が寒くなる話だ」彼は苦虫を嚙み潰したような顔で言った。「パスツールも森鷗外《もりおうがい》も細菌学を極めたせいで重度の潔癖症になったそうだけど、目に見えない部分を知れば知るほど、この世界は生きづらい場所になっていく気がする」

「そういうぞっとする話ならいくらでもあるよ。聞きたい？」

高坂は首を振った。「いや、話題を変えよう。佐薙、寄生虫学のほかに趣味みたいなものはないの？」

「うーん……内緒」佐薙は口元で人差し指を立てていたずらっぽく言った。

「人に言えないような趣味なのか？」

「女々しい趣味だからね」

「普通は、女々しい趣味を公言して寄生虫好きを隠すと思うけれど」

「恥ずかしさの基準は人それぞれなの」佐薙は口を尖《とが》らせた。「高坂さんの話も聞かせてよ。ウイルス作りのどんなところに惹かれたの？」

高坂はマルウェアに興味を持つに至った過程を語った。世界の終わりを告げるSMSによって、ほんの少し救われたこと。自分にも似たようなものを作れないかと思ったこと。始めてみるとそれが予想以上に自分に向いているのがわかり、いつの間にか生き甲斐にさえなっていたこと。

「世界の終わりのメッセージに救われた気持ちは、ちょっとわかる気がする」と佐薙は共感を示した。「ちなみに、高坂さんはどんなウイルスを作っていたの？」

「佐薙は、日本で初めて確認されたコンピュータウイルスを知ってる？」

「ううん」

「日本初の国産ウイルスは、一九八九年に発見されたんだ。『Japanese Christmas』といって、十二月二十五日、コンピュータにクリスマスメッセージを表示させるだけの愉快犯的なウイルスだった。僕の作ったマルウェアも、これと同様クリスマスイヴに発病するようにできている。ただし、もたらす害はもう少し深刻だ」

　佐薙は顎を数ミリ動かして続きを促した。

「言ってしまえば、僕が作ったのは、人々を孤立させるワームだ」と高坂は嚙み砕いて説明した。「感染したスマートフォンを、クリスマスイヴの夕方からクリスマスの夜にかけて通信不能にするんだ。日本中の恋人たちの待ち合わせが失敗すればいいと思って作った。……笑えるだろう？」

　しかし、佐薙は笑わなかった。

　高坂の言葉を聞いた瞬間、彼女は落雷に打たれたかのごとく目を見開いて硬直した。

「どうしたの？」と高坂は訊ねた。しかし佐薙は彼の喉元《のどもと》に視線を固定したままで、返事をしなかった。そしておそらく彼女の瞳《ひとみ》には何も映っていなかった。

　佐薙は長いこと動きを止めたまま何かを黙考していた。まるでそこに世界の亀裂《きれつ》を発見してしまったみたいに、じっと中空の一点を見据え続けていた。耳を澄ますと、彼女が高速で思考する音が聞こえてきそうだった。

　おそらく僕の発した言葉のどこかに佐薙の気持ちを揺さぶる要素があったのだ、と高坂は感づいた。だが自分の発した言葉のどこにそんな力があったのかとなると、見当もつかなかった。

　結局、佐薙は急に黙り込んだ理由について何も説明せず、話題をぎこちなく転換した。だが別の他愛のない話に興じているあいだも、彼女の意識は先ほどの「何か」に向けられているように見えた。

　佐薙が動揺したのも、仕方のない話だ。高坂の作成したマルウェアは、偶然にしてはい、い、い、似すぎていた。彼女の知っているあるものに。

＊

　週に一度の買い出しの日だった。高坂は両手に買い物袋を提げ、街灯が照らす夜道を歩いていた。道路のところどころにうっすらと氷が張って黒く光っている。空気は澄みきっており、小さな星まで肉眼ではっきりと捉えることができた。

　街路樹《がいろじゅ》を囲むように設置されたベンチに、中年の男が座っているのが見えた。男は高坂の姿を認めると、飲んでいた缶コーヒーをベンチに置いて立ち上がった。

「よう」和泉は片手を上げて言った。「重そうだな。手伝《てつだ》おうか？」

「結構です」と高坂は断った。「……仕事の進捗《しんちょく》の確認ですか？」

「まあ、そんなところだ」

和泉はスーツに薄汚れたチェスターコートというつもの格好だった。それしかコートを持っていないのだろうか。それとも高坂に会うときはこの格好をすると決めているのだろうか。いや、単に服装に無頓着《むとんちゃく》なだけかもしれない。

和泉は再びベンチに腰を下ろし、高坂の買い物袋に目をやった。「前から疑問に思ってたんだが、潔癖症の人間ってのは何を食べて生きてるんだ？」

「シリアル、固形の栄養補助食品、豆腐、缶詰、冷凍野菜……」高坂は袋の中身を列挙した。「確かに食べられないものは多いですが、大して不自由はしてませんよ。もともと小食ですしね」

「肉とか刺身とか生野菜は？」

「脂っぽいものが嫌いなので、肉は食べません。刺身は絶対に無理ですね。生野菜は、よく洗って自分で調理すれば食べられます。好んで食べようとは思いませんが」

「酒は？」

「ウイスキーだけは、飲めと言われれば飲めます」

ラフロイグやボウモアのような薬くさいウイスキーに限られるけれど、と高坂は頭の中でつけ加えた。

「そりゃあよかった」もっともらしく和泉は肯いた。「潔癖症じゃなくてもウイスキーが飲めないやつはたくさんいる。そういった意味じゃ、あんたはまだ恵まれてるよ」

高坂は和泉の横に腰を下ろし、買い物袋を地面に置いた。袋の中の缶詰ががちゃりと音を立てた。吐息で結露したマスクを顎の下にずらしてから、彼は口を開いた。

「佐薙ひじりの不登校の原因は、視線恐怖症です」

数秒の間を置いて、和泉は訊いた。「本人の口から聞き出したのか？」

「ええ。ヘッドフォンは、その症状を緩和するためのものだそうですね」

「……にわかには信じがたいな」和泉は訝しげに言った。「本当に佐薙ひじりがそう言ったのか？　憶測でものを言っているんじゃないだろうな？」

「本人からは何も聞いていないんですか？」高坂は探りを入れた。

「あの子は自分のことは何ひとつ話しちゃくれない。秘密主義なんだ」

なるほど、と高坂は心のうちで思う。今の和泉の表現からすると、和泉と佐薙とのあいだでは、ある程度のコミュニケーションがあると見て間違いなさそうだ。

「たまたま彼女が発作を起こして、電話で助けを請われたんです。それがなかったら、彼女から悩みを聞き出せるのは当分先になっていたでしょうね」

「助けを請われた？」虚を突かれた様子で和泉が訊き返した。「こりゃあいよいよもって大番狂わせだな。何が起こるかわからないもんだ。俺の予想じゃ、あんたはこれまでに雇った連中で一番見込みがなかったんだが」

「そのとき頼れる相手が僕以外にいなかったんでしょう。運がよかっただけです」

「いや、それはないと思うぜ。佐薙ひじりから不登校の理由を聞き出せたのは、あんたが初めてだ。これまで、どんなに心が弱っているときだろうが、彼女が身内以外の人間に視線恐怖を打ち明けたことはなかった。つまり、あんたは身内同然に信用されてるのさ」

それが事実だとすれば嬉しい限りだ、と高坂は思う。しかし和泉の言葉を鵜呑《うの》みにしてはならない。ひょっとするとそれは、高坂を担ぎ上げるためにでっちあげた方便かもしれないのだ。これまで雇われた全員が、そっくりそのまま同じ殺し文句に引っかけられていたとしても不思議はない。

和泉はコートの内ポケットから封筒を取り出して高坂に差し出した。

「報酬だ。と言っても、半額分だがな。残りの半額が支払われるかどうかは、あんたの今後の働き次第だ」

半額ということは、ちょうど佐薙に持っていかれた分と同額ということだ。高坂は金が戻ってきたことに一安心し、封筒を受け取ってポケットにしまった。

「……それで、次は何をすればいいんですか？」

和泉はすぐには返事をせず、ベンチの背にもたれて空を仰いだ。高坂もつられて上空に目をやった。雪が降り始めたのかと思ったが、そうではないようだ。和泉は何かを考え込んでいるようだった。無数の星々の中にその答えを探しているようにも見えた。

脇に置いてあった缶コーヒーを一口飲み、一息ついてから和泉は質問に答えた。

「何もしなくていい」

高坂は和泉のほうを向いて目を見張った。「それはつまり、僕の仕事はもう――」

「おっと、勘違いするなよ。これであんたの仕事が終わったわけじゃない。何もしなくていいってのは、現状を維持しろってことだ。今まで通り、彼女の親しい友人でい続けろ。そうしていれば……ひょっとしたら、面白いことになるかもしれない」

「面白いこと？」

しかし和泉はその問いを無視した。

「こちらからは以上だ。また追って連絡する」

素っ気なく言い捨てると、和泉はベンチから腰を上げた。そのまま立ち去るように見えたが、ふと足を止めて振り返った。

「肝心なことを言うのを忘れていた。ひとつ、あんたに警告しておこう」

「なんです？」

「これから何があったとしても、佐薙ひじりとは絶対に一線を越えるな。たとえ向こうからそれを求められたとしてもだ。潔癖症のあんたのことだから心配ないとは思うが、万が一と言うこともあるから、念のために釘《くぎ》を刺しておく。シグナルとシグナレスみたいにプラトニックな関係を貫け」

高坂は啞然として和泉の顔を見つめた。それからやや遅れて思い切り顔をしかめた。

「何を言っているんですか？　僕と彼女とのあいだにどれだけの年齢差があると思ってるんです？」

「いいから大人しく『はい』と言え。これは佐薙ひじりの身を案じて言っているんじゃない。あんたのためを思って言っているんだ。警告を無視した場合、一番困ったことになるのはあんた自身だ。信じるか信じないかはそっちの勝手だが」

高坂は溜め息をついた。「杞憂ですよ。僕は彼女と手を繋ぐことすらままならないんです」

「ああ。これからもずっとそうであることを祈ってるよ」

そう言い残して、和泉は冷たい闇《やみ》の中に消えていった。

*

佐薙から電話で呼び出された。前回の電話のように切羽詰まった調子ではなく、ただちょっと用事があってかけてきたという雰囲気だった。

「試したいことがあるの。至急、図書館まで迎えに来て」

それだけ言って、佐薙は電話を一方的に切った。高坂はしばらく逡巡したが、やがて諦めて服を着替え、手袋とマスクを装着して外出の支度を整えた。しかし部屋を出る直前になって、思い直してマスクを外し、ごみ箱に捨てた。自分でもどうしてかわからないが、そうしたほうがよさそうに思えたのだ。

佐薙は図書館の玄関に通じる階段に座って彼を待っていた。相変わらず脚を冷やしそうな格好をしていて、事実彼女の体はかすかに震えていたが、本人はその震えを当然のものとして受け入れているようだった。高坂の姿を認めると、佐薙はヘッドフォンを外して小さく手を上げた。

「試したいことって?」と高坂は訊ねた。

「今すぐには答えられない。もう少ししたら教えてあげる」

佐薙は立ち上がった。二人は並んで歩き出した。

マンションまでの道中、高坂は何度か佐薙の横顔を盗み見た。これまではなんとも思っていなかったのだが、和泉に痛くもない腹を探られたせいで、今日は佐薙のことを妙に意識してしまう。

高坂は試しに自問する。僕はこの寄生虫好きで視線恐怖症の少女を恋愛対象として見ているのだろうか？　ややあって、答えが返ってくる。「それはない」。確かに、僕が佐薙ひじりに特別な感情を持っているのは、紛れもない事実だ。しかし、それはあくまで似たような悩みを抱える仲間としてのごく自然な好意であり、恋愛感情とは遠く離れた場所にあるものだ。

馬鹿馬鹿しい、と高坂はその不安を笑い飛ばす。相手はまだ十代の子供じゃないか。和泉だって、本気であんなことを言ったわけではあるまい。念には念を押した、というだけのことだろう。

ふと気づくと、佐薙がじっとこちらの顔を覗き込んでいた。後ろめたいことを考えていたのが顔に出ていたのだろうかと不安になったが、どうやらそうではないようだ。

「ねえ高坂さん。たとえば今、もう一度私の頭を撫でろって頼まれたらどうする？」

予期しない質問に、高坂は一瞬反応が遅れた。

「撫でてほしいの？」

「あくまでたとえだよ。できる？　できない？」

高坂はその仮説を頭の中で検証してみた。

「頑張れば、できないことはないと思う」

「でしょ？」

「……それで？」

「私、こうやって高坂さんと歩いている分には、ヘッドフォンがなくても大丈夫なの」

言われてみると、彼女はいつの間にかヘッドフォンを外して鞄にしまっていた。

「どうやら、高坂さんがそばにいると、視線恐怖がちょっとだけ和らぐみたい。自分の症状を正確に理解している人が隣にいるっていう安心感のおかげかも。高坂さんはどう？」

高坂ははっとして口元に手をやった。そして腑《ふ》に落ちた。出かける直前に何気なくマスクを外したのは、そういうことだったのだ。これから佐薙と合流するという安心感があったので、いつもより気持ちが楽になっていたのだろう。

「確かに、僕も佐薙といると、潔癖症が少し和らぐみたいだ」

「やっぱり」佐薙は得意げに言った。「理屈はよくわからないけど、これを利用しない手はないよ」

「利用するって、何に？」

「決まってるじゃん。外の世界に慣れる訓練だよ。ヘッドフォンや手袋なしでも出歩けるように、二人三脚でリハビリを行うの」

「……なるほど。悪くないアイディアだ」と高坂は同意した。

「それで、ちょっと考えてみたんだけど――」

佐薙は早速その計画の概要を語り始めた。


十二月十七日、土曜日。

思えば、午前中に佐薙が部屋を訪れるのは初めてだった。

顔を合わせるなり、佐薙は新幹線の切符を高坂に差し出した。前もって遠くへ行くとは聞いていたが、せいぜい県内で済ませるだろうと思っていた彼は少々気後れした。

切符代を払おうとすると、佐薙はそれをきっぱりと拒否した。

「これは私からのプレゼントだから、お金はいらない。その代わり、目的地がどんな場所でも文句は言わないでね」

「わかった」と高坂は承諾した。それから「よほど汚い場所でなければ」と小声でつけ足した。

二人は目的地に向けて出発した。いざというときのためにヘッドフォンや手袋を鞄の中に入れておいたが、それらはあくまで最後の手段だ。よほどのことがない限り、取り出すつもりはなかった。

移動中の記憶は、ほとんど残っていない。とにかく何も考えないようにするのに必死で、景色《けしき》を楽しんだり会話に興じたりする余裕はまるでなかった。佐薙にしてもそれは同じで、新幹線に乗っているあいだもずっと顔を伏せてそわそわしていた。

確かに、強迫症状はいつもと比べればずっと軽かった。しかしそれはたとえるなら体温が四十度から三十九度になったようなもので、多少よくなったのは事実にせよ、重症であることに変わりはなかった。

終点の東京駅《とうきょうえき》で降りて山手線外回りに乗り換えたとき、高坂の不安はピークに達した。車内はひどく混み合っており、車両が揺れるたびに近くの乗客と体が密着し、全身を虫が這《は》いずるようなおぞましさに襲われた。呼吸をするだけで、他人の呼気によって体の内側から汚染される気がした。

胃がきりきりと痛み、強い吐き気を覚えた。喉の辺りに酸っぱいものが込み上げてくる。足下がふらついて、油断すると今にも倒れてしまいそうだった。

しかし、隣には佐薙がいた。彼女は高坂のコートの裾を握り、必死に恐怖に抗《あらが》い、歯を食いしばっていた。佐薙の存在を意識すると、胃痛や吐き気は少しずつ引いていった。今この瞬間、佐薙にとって頼れる相手は僕しかいないんだ。その僕がしっかりしなくてどうするんだ、と高坂は自分を奮い立たせた。

「大丈夫？」高坂は小声で訊ねた。「まだ行けそう？」

「うん。平気」佐薙は乾いた声で言った。

「我慢できなくなったら、すぐ僕に言うんだよ」

「そっちこそ、ひどい顔色じゃん」佐薙は強がるように笑った。「我慢できなくなったら、すぐ私に言うんだよ」

「そうしよう」

高坂もつられて笑った。

乗車時間は二十分に満たなかったが、アインシュタインの言葉を借りれば、それは熱いストーブの上に手を当てた状態での二十分だった。列車を降りたとき、高坂は二時間も三時間も列車内に閉じ込められていたような疲労感を覚えた。

目黒駅《めぐろえき》に降り立って十五分ほど西に歩いたところで、佐薙が足を止めた。

「着いた」

高坂は顔を上げた。佐薙の視線の先には、六階建てのこぢんまりとしたビルがあった。建物には「財団法人《ざいだんほうじん》　目黒寄生虫館《めぐろきせいちゅうかん》」とあった。

寄生虫館？

「あまり僕に向いていない場所みたいだ」と高坂は控えめに抗議した。

「どんな場所でも文句は言わないって約束したよね？」

佐薙は小さく首を傾けて微笑んだ。

逆らうだけの気力は残っていなかった。

佐薙に続く形で、高坂は館内に足を踏み入れた。小さな駅の待合室程度の空間に、寄生虫に関する資料や標本が展示されていた。二人はそれらを端から順番に見ていった。ガラスケースの中にずらりと並んだ標本瓶《ひょうほんびん》には様々な種類の寄生虫が漬けられており、中には寄生虫を体内に宿した生物やその臓器などもあった。

実物を目にするまでは、寄生虫の標本など見たら気分を悪くして倒れてしまうのではないかと高坂は憂慮していた。しかし、薬液に漬けられた標本瓶の中の寄生虫は、虫というよりは抽象的なオブジェのようで、意外にも清潔な印象を彼に与えた。

一部の寄生虫は、麺類や野菜を思わせる外形をしていた。有鉤条虫《ゆうこうじょうちゅう》と無鉤条虫《むこうじょうちゅう》は縮《ち》れたきしめん、回虫は絡み合ったモヤシ、ギロコチレはキクラゲのようだ。もちろん中には、エキノコックス症に罹《かか》り腹部に巨大な腫瘍《しゅよう》のできたハタネズミ、ウミエラビルに寄生されたアオウミガメの頭部など、目を背けたくなるようなグロテスクな標本もいくつかあった。高坂はそれらを見て思わず顔を引きつらせたが、佐薙は平然とそれらを鑑賞《かんしょう》していた。

高坂たちのほかにも二人連れの来館者が五組いて、そのうち四組はカップルだった。なぜこんなところをデートの行き先に選ぶのか、高坂は理解に苦しんだ。あるカップルはいかにも怖いもの見たさでやって来たという風な騒ぎ方をしていたが、あるカップルは専門的な用語を交えて淡々と感想を述べ合っていた。

「高坂さん、見て」

それまで黙々と標本を眺めていた佐薙が言った。彼女の視線の先には、「フタゴムシ」とだけ書かれたシールの貼られた標本瓶があった。キャプションには「一見、一匹の蝶のようだが、幼虫の時に出会った二虫が一体になった姿の、特殊な単生虫」と、概《おおむ》ね佐薙が言っていた通りのことが記されていた。目黒寄生虫館の創設者である亀谷了《かめがいさとる》がライフワークとして研究した寄生虫で、寄生虫館のロゴマークにもなっているという。

高坂は、標本瓶の前に設置された拡大鏡を覗き込んだ。

「どう?」と傍らで佐薙が訊いた。

「……蝶だ」

確かにそれは、蝶のような姿をしていた。白っぽい色をした、後翅の小さな蝶だ。

佐薙の持っていたキーホルダーと、ほぼ同じ形状だった。

高坂はガラスケースの前にしゃがみ込み、しばらくのあいだフタゴムシの標本に見入っていた。入っていた。なぜだか高坂には、そのシンボリックな姿をした一対の寄生虫が、とても懐かしいもののように感じられた。


二階に展示されたパネルには、トキソプラズマやエキノコックスといった既知の寄生虫と並んで、マンソン裂頭条虫《れっとうじょうちゅう》という寄生虫の説明書きがあった。それによれば、ヒトに感染したマンソン裂頭条虫はマンソン孤虫症という感染症を引き起こすらしい。「孤虫」というのは孤児になぞらえた言葉であり、幼虫は見つかっているが成虫が同定されていない虫のことを指すそうだ。

「厳密には、マンソン孤虫症は孤虫症じゃないんだよ」と佐薙が隣から補足した。「マンソン裂頭条虫は、発見当時は成虫が不明で、三十年以上も孤虫の扱いを受けていたんだ。おかげですっかり『マンソン孤虫症』っていう病名が定着しちゃって、成虫が見つかった今でも慣習的にその通称が用いられているの」

相変わらず寄生虫のことになると饒舌になるな、と高坂は微笑ましく思った。

佐薙はガラスケースの右端を指さした。

「一方、この芽殖《がしょく》孤虫《こちゅう》は、発見から百年以上経った今でも成虫が発見されていない、正真正銘の孤虫だよ。ヒトに感染すると、体内で分裂を繰り返して増殖しつつ、脳を含めたあらゆる臓器に侵入して組織を破壊する。最終的に、感染者は全身芽殖孤虫だらけになって死んでしまう。今のところ治療法は確立されていなくて、致死率は一〇〇パーセントに上る。薬は効かないし、外科的に摘出するには数が多すぎるんだ」

高坂は息を呑んだ。「そんな危険な寄生虫が実在するのか」

「うん。もっとも、人間への寄生は、まだ世界で十数例しか報告されていないんだけどね」

それから二人はひとしきり無言で標本を眺めた。

「なあ佐薙、ひとつ疑問に思ったんだけれど」高坂は芽殖孤虫の標本を覗き込んだまま言った。「どうして芽殖孤虫は人間を殺すんだ？　話を聞いた限りでは、この虫のしていることは単なる心中だ。宿主である人間を殺したら、寄生している芽殖孤虫も共倒れだろう。自分で自分の住む島を沈めるようなものじゃないか」

　佐薙はよい質問だとでも言いたげに高坂のほうを向いた。

「寄生虫は、いつでも望み通りの相手に寄生できるわけじゃないの。ときには、非固有宿主——中間宿主でも終宿主でもなく、待機宿主にもなれない宿主——に迷入してしまうことだってある。寄生虫にとって、非固有宿主に寄生することは、終宿主に寄生する機会を永久に失うことを意味する。こうなったとき、たいていの寄生虫はそのまま死滅するんだけど、一部の寄生虫はしぶとく抗い、どうにかして固有宿主のもとに辿《たど》り着こうとして、幼虫のまま臓器や組織内を移行するの。場合によっては、これが重篤《じゅうとく》な症状を引き起こすんだ。幼虫移行症と呼ばれる症候群だね。淡水魚に寄生する顎口虫《がっこうちゅう》は、ヒトに感染した場合、十年以上も体内を迷走するそうだよ」

「間違えて入ってしまった宿主の体内から逃げ出そうとしているだけなのか？」

「そんなところじゃないかな。あの恐ろしい芽殖孤虫だって、固有宿主に寄生しているときは大人しくしているはずだよ。高坂さんの言う通り、終宿主を殺しても共倒れになるだけだから」

　高坂は肯く。そういえば、狐《きつね》から人間に伝染すると言われているエキノコックスも、狐に感染している限りは無害だと聞いたことがある。

佐薙は滑らかな口調で続けた。「とはいえ、寄生虫が絶対に終宿主に害を及ぼさないというわけでもないんだ。たとえば有鉤条虫はヒトを終宿主とする寄生虫だけれど、この幼虫が脳や脊髄《せきずい》に侵入してしまったときに生じる神経嚢虫症《しんけいのうちゅうしょう》は、私たち人間にとってかなり致死的な感染症なの。というのも——」

そこでふと、佐薙は口を噤《つぐ》んだ。気がつくと、周りの客が黙り込んで彼女の話に耳を傾けていた。めずらしい生き物を眺めるような目をしている人もいれば、素直に感心している人もいた。佐薙は辺りに視線を巡らせ、自分が図らずも注目を集めてしまっていたことに気づくと、慌てて高坂の背後に隠れた。

「……そろそろ出よっか」と佐薙は消え入りそうな声で言った。

「そうだね」と高坂は同意した。

もしこの日、佐薙が神経嚢虫症の説明を最後まで続けていたら、後に起きる事件の結末は、少し違ったものになっていたかもしれない。

人が有鉤条虫の虫卵を経口摂取すると、卵は腸管内で孵化し、嚢虫と呼ばれる幼虫になる。嚢虫は腸管を通じて体中に移動し、そこで嚢胞を形成する。この嚢胞が脳や脊髄といった中枢神経に生じると神経嚢虫症を引き起こすわけだが、嚢虫が生きているあいだにその症状が発現することは、実を言うとほとんどない。

問題が生じるのは嚢虫が死んだあとだ。中枢神経内の嚢虫の死は、強い組織反応を誘発する。嚢胞の周辺では局所炎症や神経膠症《しんけいこうしょう》が発生し、これにより神経障害やてんかん発作などが生じる。この段階に至ると、神経嚢虫症の死亡率は五〇パーセントにも及ぶ。

ほかでもない高坂がこの知識を持つことに、重要な意味があった。寄生虫について門外漢の彼ならば、先入観に囚われず、素朴に知識を組み合わせて真実に辿り着くことも不可能ではなかったかもしれない。

*

往路と比べると、復路はずっと気楽だった。喫茶店に入り、軽食をとって少し休憩を挟んだあと、再び帰途についた。新幹線に乗っているあいだ、二人はずっと他愛のないお喋りを交わしていた。

「そういえば、寄生虫がアレルギーを治すっていう話を小耳に挟んだことがあったな。あれって本当なの？」

「そういう実験結果があるのは確かだね。アレルギーどころか、潰瘍性大腸炎《かいようせいだいちょうえん》やクローン病みたいな自己免疫疾患にも効果があったみたいだよ。もっとも、安全性が保証されているわけじゃないから、国内で治療に利用されるのはずっと先のことになるだろうけど」

高坂は首を捻った。「それって、どういう仕組みになっているんだ？　普通に考えれば、寄生虫みたいな異物が入ってきたら、むしろ重篤なアレルギー症状が生じると思うんだけど」

「もちろん、そういうこともないわけじゃないよ。ただ……」佐薙は圧縮《あっしゅく》された記憶を解凍するように数秒間沈黙した。「そもそも人間の免疫機構っていうのは、寄生者の存在を前提にして成り立っているところがあるんだ。今でこそ、私たちは体内から寄生虫が見つかると大騒ぎするけれど、ほんの数十年前までは、むしろ様々な寄生虫に感染しているのが普通だったんだよ。それらを免疫でいちいち攻撃していたら、人間の体は常に戦場になって、あっという間にぼろぼろになってしまう。だから私たちの体には、あまり害のない侵入者に対しては、共存の道を選ぶような仕組みがあるんだ」

「平和的共存か」

「そう。それにはレギュラトリーT細胞っていう免疫を抑制する細胞が関わっているんだけど、人によってはこの細胞の量が十分じゃなくて、免疫寛容を引き出せないの。その結果、免疫が異物を過剰に攻撃したり、自分自身の細胞や組織にまで敵意を持ってしまったりする。ざっくり言うと、これがアレルギーや自己免疫疾患の原理だね。従って、免疫抑制機構を作動させることが免疫関連疾患の改善に繋がるんだけど、このレギュラトリーT細胞って、どうやら『宿主から容認されている寄生者』の存在によって引き出されているらしいんだ。翻《ひるがえ》って言えば、寄生者の不在、過度に清潔な状態が、現代人のアレルギーや自己免疫疾患の患者の増加を加速させているってことだね」

高坂は少し考え込んでから言った。「つまり、寄生虫がアレルギーを治すのは、寄生虫が免疫系の警戒心を上手いこと緩めてくれるから？」

「噛み砕いて言えば、そういうことだと思う」

なんだか晩年のフロイトが提唱した「エロスとタナトス」を思わせる話だな、と高坂は思った。あれも確か、本来外側に向かうべきエネルギーが内側に向いて自己破壊的に作用するというような話だった。

「それにしても、人体が『寄生者の存在を前提にしている』っていうのは、なんだか衝撃的な話だな」

「そうかな。腸内細菌なんかはその典型でしょ？」

高坂は得心した。言われてみればその通りだ。

乗り換えのために降りた駅の二階通路を歩いている最中、何気なく窓の外に目をやると、駅前の大通りが見渡せた。街路樹はイルミネーションで彩られ、通りは幻想的なオレンジの光に染まっていた。佐薙のほうに視線を移すと、彼女も窓の外のイルミネーションをじっと見つめているところだった。軽侮と羨望《せんぼう》が複雑に入り交じったような、そんな目をしていた。

私鉄に乗り換えて数十分、ようやく見慣れた街が見えてきた。駅を出て、久しぶりに外の新鮮な空気を味わう。夜空は綺麗に晴れ渡っており、半分に欠けた月をはっきりと望むことができた。

「無事に帰ってこられたみたいだね」佐薙は感慨深《かんがいぶか》げに言った。

「なんとかね」と高坂は言った。「初回にしてはきつめな訓練だった」

静まり返った住宅地を歩いていると、佐薙が不意に立ち止まった。彼女の視線の先には、児童公園があった。キャッチボールも鬼ごっこもできそうにない手狭な公園だ。

佐薙は迷いなくその中に足を踏み入れていった。高坂もそれに続いた。

長いあいだ利用されていないらしく、園内にはこれでもかというほど雪が積もっていた。一歩踏み出すごとに、足が踝《くるぶし》のあたりまで雪の中に沈んだ。固まりやすい雪質だったので、行く手の積雪を踏みならして足場を作りながら進むことで、靴に雪が入り込むのを防ぐことができた。

青緑色のジャングルジムの前までくると、佐薙は躊躇《ためら》いなくそれを上っていった。てっぺんに腰を下ろした彼女は、「冷たい、冷たい」と言って両手を吐息で温め、それから高坂を見下ろして得意げに微笑んだ。

高坂はおそるおそるジャングルジムに手をかけた。そして足を滑らせないよう雪を払いながら慎重に上っていき、佐薙の隣に腰を下ろした。

ジャングルジムに上るのは小学生以来だった。二人はしばらく無言で、その懐かしくも新鮮な感覚を楽しんだ。ほんの二、三メートル視線が上がっただけで、世界はいつもとはなんとなく違って見えた。園内の雪が月明かりを吸い込んでぼうっと青白く光っていた。

ややあって、佐薙が沈黙を破った。

「高坂さん。前に話した、フタゴムシって覚えてる？」

「もちろん覚えてるよ。蝶のような姿、宿命的な一目惚れ、終生交尾、恋は盲目、比翼連理の蟲、だろう？」

「素晴らしい」佐薙は両手を合わせて微笑んだ。そして訊いた。「……ねえ、高坂さんは、こんな風に考えたことはない？」

――自分には、一生、伴侶《はんりょ》と呼べる相手ができないんじゃないか。

――自分はこのまま、誰と愛し合うこともなく死んでいくんじゃないか。

――自分が死んだとき、涙を流してくれる人間は一人もいないんじゃないか。

「私はフタゴムシじゃないから、ときどき、眠りにつく前にそんなことを考えちゃうんだ」佐薙は感情を込めずに淡々と言った。「高坂さんは、こういう気持ち、わかってくれるかな？」

高坂は深く肯いた。「僕も、似たようなことをしょっちゅう考えるよ。外を歩いていて、いかにも幸福そうな夫婦を見かけたとき、しみじみと思う。『あれは、自分には一生手に入らないものなんだろうな』って。そのたびに、たまらなく悲しい気持ちになる」それから一息置いて、こうつけ加えた。「でも、佐薙がそんなことを考える必要はないと思う。君は僕よりもずっと若いし、聡明だし、はっきり言って見た目もいい。欠点を補って余りあるものを持っている。今のうちから悲観することはないんじゃないかな」

佐薙はゆっくりと首を振った。「高坂さんは、私のことをよく知らないからそんなことを言えるんだよ」

「そうかもしれない。でも、自分が一番自分のことをよく知っていると思ったら、それも間違いだよ。本人だからこそ見逃している部分もある。ときには、他人の目から見えているもののほうが真実に近いということもあるかもしれない」

「……そうだね。そうだったらいいね」

佐薙は寂しげに目を細め、何か言おうとして口を開きかけたが、思い直したように唇を結んだ。それからおもむろに腰を上げた。

「そろそろ帰ろう。大分冷えてきた」

「そうしよう」高坂も腰を上げた。


公園を出てからというもの、二人は終始無言だった。結局、互いに一言も発さないまま別れ道に着いてしまった。高坂が「それじゃあ——」と別れの言葉を告げようとすると、それを遮って佐薙が言った。

「あのさ、何をするにも、明確な目標があったほうがいいと思うんだ」

それが強迫性障害の克服について言っているのだと理解するまでに、五秒ほどかかった。

「だから、こういうのはどうかな。クリスマスイヴまでに、私は視線を気にせずに街を歩けるようになる。高坂さんは汚れを気にせずに他人と手を繋げるようになる。この目標を達成したら、イヴ当日、駅前のイルミネーションの通りを二人で手を繋いで歩いて、そのあとでささやかなお祝いをするの」

「面白そうだ」

「じゃあ、約束ね」

佐薙はそう言うと、高坂に背を向けて早足で去っていった。

帰宅後、高坂はなんの気なしに目黒寄生虫館について調べてみた。すると驚愕《きょうがく》の事実が判明した。どうやら目黒寄生虫館は、地元では有名なデートスポットらしい。だからあんなにカップルが多かったのだ。

第5章　冬虫夏草

二人は毎日決まった時間に連れ立って外出するようになった。いつものように佐薙が部屋を訪れると、まずは気持ちを落ち着けるために二人で三十分ほどぼうっと過ごし、それから身支度を整えて部屋を出て、一時間ばかり散歩したあとマンションに戻り、昂《たか》ぶった神経を思い思いの方法で静《しず》めた。

一日の終わりには、二人で訓練の成果を試した。佐薙は高坂と何秒間目を合わせていられるかをテストし、高坂は佐薙と何秒間手を繋いでいられるかをテストした。

高坂は、日に日に自分がよくなっていくのを実感していた。相変わらず一人では電車にも乗れなかったが、佐薙と一緒だと、簡単な外食さえできるようになった。少しずつではあるが、手を洗う頻度が減り、掃除時間が短くなり、部屋の消毒液の匂いが薄まっていった。

高坂の潔癖症が和らいできたのを見て取った佐薙は、野生動物の餌やりに彼を連れていくようになった。池の白鳥、公園の野良猫《のらねこ》、駅前広場の鳩《はと》、海岸の鷗《かもめ》、果てはごみ捨て場の烏《からす》にさえ、佐薙は別け隔てなく餌を与えていた。高坂はそれを少し離れた場所から見守った。

一体動物のどこが好きなのかと高坂が訊ねると、佐薙は少し意外な答えを返した。

「昔読んだ本に書いてあったんだ。動物の意識には過去も未来もなくて、ただ現在だけがあるんだって。だから何度辛い思いをしようと、それは経験としては蓄積されても、苦悩そのものとしては蓄積されないから、一回目の苦悩も千回目の苦悩も、単なる『現在の苦悩』としてしか認識されない。おかげで希望を抱くことも絶望に沈むこともなく、あんな風に心静かな状態でいられるらしいんだ。ある哲学者はそれを『現在への全面的没入』って呼んでいたけど……私は、そんな動物の在り方に憧《あこが》れてるの」

「なんだか難しい話だね。猫はかわいいから好きとか、そういうわけじゃないんだ？」

「もちろん猫はかわいいよ」と佐薙は心外そうに言った。「なれるものなら猫になりたい。あと、鳥みたいな羽もほしい」

「羽の生えた猫になりたい？」

「そんなのは猫じゃない」

佐薙は強く否定した。

二人で街を歩いていると、色々な発見があった。いつもはただ目の前を通り過ぎるだけの風景も、隣に佐薙がいると、「彼女の目には、この世界はどのように映っているのだろう?」という想像の源になった。まるでワンセットの新しい感覚器官を手に入れたようだった。真新しいレンズを装着したカメラみたいに、あらゆるものは再認識の対象となった。

おそらくは、佐薙も同じようなことを感じていた。あるとき、彼女は遠い目をしてぽつりと言った。

「一人で街を歩くのと、二人で街を歩くのって、全然違うんだね」

高坂が塗り残していた色を佐薙が塗り、佐薙が塗り残していた色を高坂が塗ることで、二人は互いの世界を補完し合った。そうすることで、世界はよりくっきりとそこに浮かび上がった。

一人で食べるより、二人で食べたほうがおいしい。一人で行くよりも、二人で行くほうが楽しい。一人で見るよりも、二人で見るほうが美しい。大方の人間にとっては、あえて口に出すまでもない当たり前のこと。けれども高坂と佐薙にとって、それは人生観を揺るがすほどの大発見だった。幸福は、反響する。

人々が寄り添って生きていた理由が、今なら理解できる気がした。

高坂は和泉の警告を忘れていたわけではなかった。「現状を維持しろ」という彼の言葉に従い、佐薙との間柄が密になりすぎないよう、適切な距離を置いているつもりでいた。彼女が一歩歩み寄ってくると一歩あとずさり、彼女が一歩あとずさると一歩歩み寄った。まるでダンスでもするみたいに。

しかし本人にそのつもりがなくても、二人の距離は着実に縮まりつつあった。当然の話だ。これだけ時間を共有し、悩みを共有し、世界を共有し合っている二人の関係が、進展せずにいられるはずがない。

知らぬ間に、高坂は取り返しのつかないところまで来てしまっていた。今は辛うじて友人の域に踏み留《とど》まっているが、ふとした拍子にバランスを崩して向こう側へ倒れ込むのは、もはや時間の問題だった。

そしてそのときが訪れた。十二月二十日、大粒のみぞれが降る夜のことだった。

高坂は椅子の上でまどろんでいた。疲れていたわけではないし、寝不足だったわけでもない。単純に、佐薙のそばで眠るのが好きだったというだけだ。

それは彼の日課になっていた。佐薙が本を読んでいる傍らでうたた寝をすると、よい夢を見ることができた。きちんとしたストーリーはなく、断片的なイメージの継《つ》ぎ接《は》ぎのようで、目が覚めた後では何ひとつ具体的なことは思い出せないけれど、それでも幸福の余韻だけは残っている。そんな夢だ。

さて、その日夢から覚めたとき、眼前には佐薙の顔があった。

高坂はびっくりして体を数センチ跳ねさせたが、向こうはそれ以上の反応を見せた。彼が目を開いた瞬間、佐薙は泡を食って飛びのいた。隠れて悪事を働いていた子供が、背後から怒鳴られたときみたいな反応だった。

そして、目が合った。佐薙は驚いていた——しかしその驚きは、高坂が突如目を覚ましたことではなく、もっと別の何かに向けられているようだった。

「おはよう」

高坂は佐薙に微笑みかけた。何も見なかったことにするよ、という意味の微笑みだった。

だが佐薙は応えなかった。ベッドの端に座り、膝の上できつく握った拳《こぶし》をじっと見つめ、内なる混乱と戦っていた。いつもは気怠《けだる》そうに細められている目は一杯に見開かれ、常に固く結ばれているはずの唇は半開きになっていた。

ややあって、彼女は我に返ったように顔を上げた。大きく深呼吸すると、掠《かす》れた声で言った。

「ごめんなさい」

　まるで人殺しが発覚したかのような悲痛な面持ちに、高坂はいささか面食らった。直後、彼は佐薙が何をしようとしていたのかを遅れて理解した。先ほど目を覚ましたとき眼前にあった彼女の顔と、以前マスク越しにキスをしてきたときの彼女の顔の角度が、綺麗に一致していることに気づいたのだ。

「大袈裟《おおげさ》だな。別に気にしていないよ」と高坂は言った。「今回は引っ掻かなくて済んだしね」

「違うの」佐薙は大きく首を振った。「私、もう少しで、取り返しのつかないことをするところだった」

　そう言うと、彼女はベッドの上で膝を抱え、塞ぎ込んでしまった。

　取り返しのつかないこと？　高坂は首を捻った。思い当たる節はひとつしかなかった。おそらく彼女は、和泉の課した「一線を越えるな」というルールを僕に破らせてしまいそうになったことを詫びているのだろう。

　確かに、危険なところではあった。しかし、それにしても彼女の反応は大袈裟すぎやしないだろうか。マスク越しとはいえ、既に一度同じようなことをしてしまっているのだ。何を今更という気がしないでもない。

　だがその次に佐薙が発した一言は、彼に衝撃をもたらした。

「このまま一緒にいたら、私、いつか高坂さんを殺しちゃうと思う」

彼女は高坂から目を逸らしたまま、寂しそうに微笑んだ。

両目に滲んだ涙を手《て》の甲《こう》で拭い、佐薙は立ち上がった。

「だから、もう、ここには来ない」

それだけ言うと、彼女は迷いのない足取りで部屋を出て行った。

混乱から回復した高坂があとを追いかけてマンションを出た頃には、佐薙の姿はどこにも見当たらなかった。

大粒のみぞれが、夜の街に降り注いでいた。

斯《か》くして、高坂はまた一人になった。

*

数日が過ぎた。

答えが出たところで佐薙が戻ってくることはないとわかっていても、高坂は、彼女が姿を消したわけを考えずにはいられなかった。

大きなミスをしたつもりはなかった。実際、ここ十日ほどの高坂と佐薙の関係は極めて良好だったはずだ。その点に関しては自信があった。彼女は二人で過ごす時間を心の底から楽しんでいた。

佐薙が僕の前から去ったのは、僕のことを嫌いになったからというわけではないだろう、と高坂は思う。それは確かだ。しかし――佐薙の言うように、僕は彼女のことを何も知らなかった。わかったつもりでいただけだ。

でも、今なら少しだけ理解できる。多分あの少女には、視線恐怖症以上に致命的な「何か」が巣喰《すく》っていて、それが他者との交流を妨げているのだ。根拠はないが、彼は直感的にそれを確信していた。視線恐怖症は、その「何か」に端を発する症状のひとつでしかないのだろう。

非常に残念ではあったが、これまでにも六人の人間が同じ仕事を依頼されて失敗していることを考えると、自分が佐薙に逃げられたのも当然という気もした。おそらく、これは初めから詰んでいるゲームだったのだ。

ただ一点だけ、どうにも腑に落ちないことがあった。「いつか高坂さんを殺しちゃうと思う」というのは、どういう意味だったのだろう？　迷惑をかけてしまうことの大袈裟な表現と解釈すべきか、それとも字義通りに解釈すべきか。……いや、もうよそう。過ぎたことを思い悩んだって、どうにもならない。

　高坂の生活は、佐薙と出会う以前のものに戻っていった。初めは一人きりで過ごす午後が手持ち無沙汰《ぶさた》でならなかったが、すぐに慣れた。五年以上も続けてきた生活様式を、そう簡単に忘れるはずもない。彼は徹底的に部屋を掃除して佐薙のいた痕跡を念入りに消し去り、繰り返しシャワーを浴びて佐薙の感触を追い払った。

*

　十二月二十四日、十六時。高坂の作ったSilentNightの起動まで、残り一時間を切っていた。感染端末の数がどれほどに上るかは不明だが、少なく見積もっても数千台はくだらないだろう。彼の作ったワームの感染力は、それまでに作られたモバイルマルウェアとは一線を画していた。
　作者である高坂本人はあまり自覚していなかったが、SilentNightは非常に革新的なモバイルマルウェアだった。これ以前にも、端末の通信機能を奪うマルウェアは一応存在した。二〇〇九年に発見された「SilentMutter」「Radiocutter」などがそうだ。だがいずれにせよ、二〇一一年までに確認されているマルウェア群は、技術的な問題から、トロイの木馬タイプが過半数を占めていた。一方、SilentNightはモバイルネットワークを介した自己複製機能を持つ「モバイルワーム」であり、その伝播力《でんぱりょく》は従来のモバイルマルウェアとは比べものにならなかった。そして少なくとも現時点では、このマルウェアに警鐘を鳴らしているセキュリティソフト会社はなかった。

一九九九年に猛威を振るったウイルス「Melissa」は、一説には被害額が八〇〇〇万ドルを超えたとも言われている。さらに翌年に発見されたワーム「Loveletter」の被害額は、数十億ドルに上ったという。一個人の作ったマルウェアでも、歯車が嚙み合えば、それほどまでの打撃を世界に与えることができるのだ。上手くいけばSilentNightも、世界を揺るがすとまではいかずとも、二、三日にわたって人々の関心を一身に集めるくらいのことはできるかもしれない。

しかし、それを見届けようとは思わなかった。生き甲斐だったはずのマルウェア作りが、今となってはただただ虚しかった。それが佐薙のせいかどうかは高坂自身にもわからない。

日付が変わる前に自首しよう、と高坂は静かに決意した。和泉に告発される前に名乗り出たほうが刑が軽くなると計算したわけではない。なんとなく、ちょうどいいと思っただけだ。

身支度を整えて玄関に立ったとき、インターフォンが鳴った。それが佐薙でないことはわかっていた。和泉だろうかと思ったが、高坂の勘は、それも違うと告げていた。

ドアの向こうに立っていたのは宅配便業者の男だった。男はぶっきらぼうにペンと伝票を差し出した。高坂がサインをすると、男は紙袋を渡して足早に立ち去っていった。

居室に戻って紙袋を開けてみると、中に入っていたのはワインレッドのマフラーだった。折り畳まれていたマフラーを広げてみると、何かがこぼれ落ちた。それはシンプルなデザインの便箋《びんせん》と、封筒だった。落下時の衝撃で、封筒の中身がはみ出ていた。札束だった。

高坂は便箋を拾い上げてコートのポケットに突っ込んだ。落ちた札束を数えようとは思わなかった。彼にはその合計金額も、それが贈られてきた理由もわかっていた。佐薙が友達になる条件として高坂から報酬の半額を奪ったのは、おそらく彼と対等な関係を結びたかったからなのだ。自分は金のために働いているのだという意識を、極力持ってほしくなかったのだろう。二人の関係が破綻《はたん》した今、そうした対等さを維持する必要はなくなったというわけだ。

充電器に繋ぎっぱなしだったスマートフォンを取り外し、マフラーを無造作に鞄に押し込むと、高坂は部屋を出た。行き先は交番だった。自分でもよくわからないが、自首をするからには電話で名乗り出るのではなく直《じか》に交番に出向くべきだという気がしたのだ。

手袋やマスクはつけていなかった。それは自分へのささやかな罰みたいなものだった。

道すがら、高坂はポケットの便箋を取り出して読んだ。

「突然私があんな風に立ち去って、さぞびっくりされたことでしょう。本当にごめんなさい。事情を説明したいのは山々なのですが、私からは何も言えません。どれだけ言葉を尽くしたところで、多分、高坂さんの混乱を深めるだけに終わってしまうでしょうから。ただひとつ確かに言えるのは、高坂さんにはなんの責任もなくて、問題はすべて私のほうにあったということです。私が分不相応な望みを抱いてしまったのが悪いのです」

年の割に、端正な字だった。文体も、普段の砕けた口調からはかけ離れていた。しかし、不思議と違和感はなかった。普段口にしていた言葉よりも、手紙に書かれた文章のほうが佐薙の内面をよく表している気さえした。

高坂は二枚目の便箋に目を移した。

「高坂さんの部屋で、何をするでもなく、二人でぼうっとしている時間が好きでした。

あんなに穏やかな気持ちでいられたのは、生まれて初めての経験でした。たぶん、好きな人がそばにいたおかげだと思います。素敵《すてき》な時間をありがとうございました」

黙り込むような余白が続き、便箋は三枚目に移った。

「お返しというわけではありませんが、私の編んだマフラーをお贈りします。そうです、これが私の隠していた〝女々しいほうの趣味〟です。お気に召さなければ捨ててもらっても構いません。本当のことを言うと、一度でいいから、誰かに贈りものというのをしてみたかっただけなのです」

四枚目。

「和泉さんには、私から直々に、高坂さんを見逃すように頼んでおきました。あの人は私にものすごく甘いので、きっと言う通りにしてくれると思います。……本当はこの部分だけ書いて送る予定だったのですが、よけいなことを書き足しているうちにだらだらと長くなってしまいました。すみません」

そして彼女は手紙をこう締《し》め括《くく》っていた。

「高坂さんへの連絡は、これで最後にします。私のことは、もう綺麗さっぱり忘れていただいて結構です。さようなら」

手紙を読み終えるのとほぼ同時に、交番の前に着いた。高坂はそこで立ち止まった。

交番内の時計は、ちょうど十七時を指していた。

便箋をポケットにしまい、鞄からマフラーを取り出して、目の前に掲げた。丁寧に編まれたアラン模様のマフラーで、市販品と見紛《みまが》うくらいよくできていた。

高坂はそのマフラーを首に巻いた。手編みだと知った上で、そうした。自分でも不思議でならなかった。これまで「手料理」「手書き」「手編み」といったあらゆる「手つき」を嫌っていた彼にとって、本来その贈りものは――いくら佐薙が作ってくれたものと言えども――嫌悪の対象のはずなのだ。防寒具なしでは耐え難いほど寒かったから、というだけでは説明しきれない矛盾がそこにはあった。

高坂は交番の前に立ち、マフラーに顔を埋め、煌々《こうこう》と輝く赤いランプをぼんやりと眺めていた。

どれくらいの時間、そうしていただろうか。

彼は不意に、自分がどうしようもなく佐薙ひじりを愛してしまっているということに思い至った。

二十七歳で、初恋だった。

相手は、十七歳の少女だった。

しかし、それを恥ずべきことだとは思わなかった。もとより異常な人間が、異常な状況下で、異常な恋をしたというだけの話だ。何もおかしいところはない。

彼は交番に背を向けた。自首をする気は、もうなくなっていた。


そこからの行動は迅速だった。高坂は数日ぶりにスマートフォンの電源を入れた。佐薙の番号にかけてみたが、ワンコール目でぷつりとコール音が途絶えた。奇妙な電話の切れ方だった。何度かかけ直してみたが、結果は同じだった。電源が切れているとか電波の届かない場所にいるとか、そういう感じではない。こちらの番号が着信拒否されているのだろうか？

そこで、高坂はある可能性に思い当たった。もしかすると、これはSilentNightのせいなのかもしれない。SilentNightは僕の想定を遙かに超えて感染を拡大し、遂には佐薙のスマートフォンにまで感染したのかもしれない。考えてみれば、決してあり得ない話ではない。

高坂は途方に暮れた。仮にこの予想が正しければ、彼女はほんの数分前に連絡手段を失ってしまったということになる。直接会いに行こうにも、高坂は佐薙の住所を知らなかった。このままワームの影響が収まるまで二日間待ち続けなければならないのだろうか？　いや、それは駄目だ、と彼は頭を振る。なぜかはわからないが、今日中に佐薙にこの気持ちを伝えなければ、二度とその機会は訪れない気がした。これ以上悠長にしている時間はなかった。しかし、どこを探せば彼女に会えるのだろう？　彼は懸命に頭を捻ったが、心当たりはひとつもなかった。

皮肉なものだ、と高坂は笑う。世間のカップルを困らせるために作ったワームが、回り回って僕自身の首を絞めている。人を呪《のろ》わば穴ふたつというのはこのことか。

頬に冷たい感触がして、高坂は空を仰いだ。雪が降り始めたのだろうか。彼は手のひらを上に向けて、雪の粒がそこに落ちてくるのを待った。そのときふと、なぜ自分は手袋をしていないのだろうかと疑問に思った。そしてそこから連想が繋がった。手袋、訓練、手を繋ぐ、佐薙の手、駅前、イルミネーション、クリスマスイヴ。

『だから、こういうのはどうかな。クリスマスイヴまでに、私は視線を気にせずに街を歩けるようになる。高坂さんは汚れを気にせずに他人と手を繋げるようになる。この目標を達成したら、イヴ当日、駅前のイルミネーションの通りを二人で手を繋いで歩いて、そのあとでささやかなお祝いをするの』

彼女がいるとしたらそこしかない、と高坂は確信した。

駆け足で駅に着くと、発車寸前の電車に飛び乗った。車内にはいくつか空席があったが、そこには座らず、壁際に立って息を整えた。スマートフォンを取り出し、ワームの感染状況を把握するため、ここ一時間以内にウェブ上で新種のモバイルワームに言及している者がいないか調べた。見たところ、スマートフォンが突然通信機能を失ったという旨の発言をしているのは五、六人だけだった。それを見て高坂は安堵しかけたが、すぐに自分の間抜けさに気づいた。そもそもこのワームの被害者は、すぐそばに別の端末がない限り、ウェブ上で発言をすることができないのだ。ネットを用いてネットから隔絶された人数を把握しようとするのは、点呼で死者数をカウントするのと同じようなものだ。

彼は感染状況の把握を諦め、スマートフォンをポケットに戻した。被害が明らかになるまでは、まだ当分かかるだろう。

電車を降りて改札を抜けると、中年の男に声をかけられた。不躾《ぶしつけ》なお願いで恐縮だが携帯電話を貸してくれないだろうか、と男は言った。至急連絡を取りたい相手がいるのだが、先ほど急にスマートフォンが故障してしまったのだという。

「電話やメールはできないんですが、アドレス帳で連絡先を確認することはできるんです。そこで、公衆電話を使えばいいと思ったんですが、ご覧の有様でして……」

男の指さした先には、異様な光景が広がっていた。

改札から少し離れたところにある三台の公衆電話の前に、長蛇の列ができていた。先頭では、スマートフォンの画面を眺めながら公衆電話のボタンを押す人の姿があった。おそらく皆、ワームの被害者だろう。

高坂はごくりと唾《つば》を飲み込んだ。これはひょっとしたら、僕の想定していた以上に深刻な事態になっているのかもしれない。

一刻を争う状況ではあったが、高坂はその男にスマートフォンを貸してやった。目の前の男がこの騒動の元凶だと知らない男は、深々と頭を下げて礼を言った。

彼が電話をしているあいだ、高坂は佐薙と連絡を取る手段について今一度頭を巡らせていた。そしてふと気づいた。連絡を取る必要はない。佐薙にまだ僕と会う気持ちがあるとすれば、彼女は今晩確実に駅前通りに現れるだろう。そういう約束なのだ。逆に、彼女にその気がなかったとすれば、いくら電話が繋がったところで無意味だ。今の僕が懸念すべきは、佐薙が約束の場所に現れたにもかかわらず、僕がそれを見つけ損ねてしまうという展開だ。

駅員が改札の前に伝言板を設置して、そこにたちまち人が群がり始めるのが見えた。やがて男が電話を終えてスマートフォンを返却し、礼を言って去って行った。高坂は除菌グッズで消毒したい衝動を堪《こら》え、スマートフォンをポケットに戻した。そして構内を出て駅前の広場へと向かった。もし佐薙が現れるとしたら、そこを選ぶだろう。

広場には、ひとりぼっちの若者が多いように見えた。全員がそうというわけではないだろうが、少なくとも彼らのうち何割かは、ワームによって連絡手段を奪われて会うべき相手と会えずにいる人に違いない。不機嫌そうに煙草を吸いながら遠くを見つめている人、ベンチに腰かけてきょろきょろと辺りを眺め回している人、落ち着かない様子で広場を歩き回っている人。そうした光景は、携帯電話が普及していなかった時代を彼に思い起こさせた。

高坂は時計台の脇にあるベンチに腰かけ、駅を出て通りに向かう人々を一心に眺め続けた。今から駅に出入りする人は一人も見逃すまいと彼は感覚を研ぎ澄ました。

しかし一時間、二時間と待ち続けても、佐薙が現れる気配はなかった。金髪でショートカットの女性が視界に入るたびにもしやと期待して身を乗り出したが、どれも人違いだった。

雪は勢いを増し、広場に溢れかえっていた人々は徐々にその数を減らしていった。気がつくと、もう片手で数えられるくらいしか残っていなかった。駅に出入りする人もまばらになり、もう視界に集中する必要もなくなった。

そうして、ついに三時間が過ぎた。

これ以上待つのは無意味かもしれない、と彼は思った。

約束は、とうに効力を失ってしまったのだろう。

溜め息をつき、夜空を仰いだ。全身が冷えきっていて、特に膝から下が自分の体とは思えないくらい冷たかった。しかし物理的な寒さは大した問題ではなかった。それまで自分の一部のように感じていた胸の中の温かい何かが消え去り、そこに生じた空白に重たい冷気が流れ込んでいた。まだほんのりと残っている余熱は、かえってその寒々しさを強調しているようだった。

そうか、これが寂しいという感情なんだな、と彼は二十七歳にしてようやく理解した。目から鱗《うろこ》が落ちるようだった。これまで、恋も寂しさも、漠然とその形を知ってはいたものの、本質的には自分とは縁のない感情だと決めつけていた。それをまさか、こんな風に実感できる日が来ようとは。あの日佐薙がしてくれたキスによって、僕という情報の一部が書き換えられてしまったのかもしれない、と高坂は思った。

時計台がベルを鳴らし、二十一時を回ったことを知らせた。イルミネーションの消灯まで、残り一時間を切った。

今となっては、高坂をそこに押し留めているのは意地以外の何物でもなかった。さすがに今から佐薙がここに現れるということはあるまい、と彼は望みを捨てかけていた——そしてその予感は、ある意味では正しかった。

ベルが鳴り終わったあと、高坂は辺りに視線を巡らせた。広場にいた人々はあらかた消えていて、彼を除くと、残っているのは女の子一人だけだった。落ち着いた格好をした、大人しそうな子だ。寒さに凍えるようにマフラーに顔を埋めて、じっとうつむいていた。長いあいだそうしていたのだろう、頭や肩の上は雪で真っ白になっていた。

彼女もまた、愛する人と擦れ違ってしまった一人かもしれない。そう思うと、高坂は申し訳ない気持ちで一杯になった。今の彼には、その女の子の気持ちが痛いほどわかった。

彼女に謝りたい、と高坂は思った。この騒動を引き起こしたのは僕なんです、僕が世間のカップルに嫉妬《しっと》して作ったワームが原因でこんなことになったんです、と。もちろんそんなことを言っても信じてはもらえないだろう。頭がおかしいと思われるのが落ちだ。だが彼の判断力は、寒さと失望でとうに麻痺《まひ》してしまっていた。

高坂はベンチから立ち上がり、女の子に歩み寄った。全身の筋肉がかちこちに固まっていて、操り人形のようなぎこちない歩き方になった。

「あの、すみません」

声をかけると、女の子は顔を上げた。

そして、微笑んだ。

それっきり、高坂は言葉を発することができなくなった。

驚きのあまり、しばらく呼吸をするのも忘れていた。

全身の力が抜けていくようだった。

「いつになったら気づくかな、って待ってたんだけど」と女の子は言った。

「……それは、ずるいよ」高坂はやっとのことで言った。「いくらなんでも変わりすぎだ。わかるはずがない」

「でも、それくらいしないと、変わる意味がないでしょ？」

佐薙はゆっくりと立ち上がり、髪やコートについた雪を払った。

おそらく、佐薙はずっと前からそこにいたのだろう。高坂が見落としていただけで、初めから彼女は視野の中にいたのだ。もっとも、彼の目が節穴だったわけではない。同じ状況に置かれれば、十人のうち九人までは彼と同じ過ちを犯したはずだ。

高坂が佐薙ひじりという少女を思い描くとき、まず頭に浮かぶのは、金色に染められた髪だ。次いで無骨なヘッドフォン、短すぎるスカート、青いピアス。目の前にいる少女は、そのいずれの条件にも該当していなかった。髪は真っ黒だったし、ヘッドフォンをかけておらず、スカートは常識的な長さだった。ピアスだけは変わっていなかったが、そんなことは近寄ってみなければわからない。

「もう来ないいんじゃないかって諦めかけてたよ。まったく、佐薙も人が悪いな」と高坂は呆れ顔で言った。

「私はそばにいたもん。気づかない高坂さんが悪いんだよ」

「よく言うよ」高坂は肩を竦《すく》めた。「佐薙は、最初から僕に気づいてたのか？」

「うん。だって、そのマフラー」佐薙は高坂の首もとに視線を注いだ。「一目でわかったよ。ちゃんと、使ってくれてるんだね」

「ああ。今日はとりわけ寒かったから……」高坂は気恥ずかしげに言った。「それはそうと、髪色を戻したってことは、学校に戻る気になったの？」

「まあ、それもあるけど」

「ほかにも理由が？」

「ええっと」佐薙は視線を斜め下に落とし、雪に濡れた黒髪を弄《いじ》りつつ言った。「高坂さん、どうせこういう真面目《まじめ》っぽいのが好きなんだろうなって思ったから……」

佐薙は冗談めかして笑ったが、高坂は笑わなかった。

冷え切っていた体の芯が、にわかに、火が点いたみたいに熱くなった。

次の瞬間には、高坂は佐薙を抱き寄せていた。

えっ、と佐薙が驚嘆の声を発した。

「……平気なの？」

腕の中で、佐薙が気遣わしげに訊いた。

「正直に言うと、あんまり平気じゃない」高坂は佐薙の頭を慈しむように撫でながら言った。「でも、佐薙に汚されるのは、どうしてか許せるんだ」

「……失礼なひと」

おかしそうに言うと、佐薙は遠慮なく両腕を高坂の背中に回した。

＊

年が明けるまでの七日間、高坂と佐薙は、人生でもっとも穏やかで満ち足りた時間を過ごした。それまでの人生で失ってきたもの、得られなかったもの、諦めてきたものを、二人はひとつひとつ取り戻していった。それは多くの人間にとってはめずらしくもなんともない、みすぼらしい、他愛のない幸せだったが、二人にとっては絵空事にも等しかった。ただ手を繋ぐだけのことが、ただ肩を寄せるだけのことが、ただ見つめ合うだけのことが、彼らからすれば、いちいち個人史的大事件だった。

その七日間、結局、高坂は一度たりとも佐薙に手を出さなかった。和泉に義理を立てたというわけではないし、彼女の体が不潔に感じられたとか、一線を踏み越える勇気が出なかったというわけでもない。ひとえに、佐薙を大切にしたかっただけだ。そういうことを考えるのは、彼女がもう少しちゃんとした年齢になってからでも遅くないと思った。

そんな高坂の気遣いを知ってか、佐薙も過度な接触や肌を見せる格好は控え、必要以上に彼を刺激しないように配慮しているみたいだった。彼女の協力的姿勢は、高坂からすると非常にありがたかった。個人差はあるにせよ、自制心なんて、ちょっとつつかれればすぐに粉々に砕け散ってしまうものだから。

実を言うと、年末の数日間、世間はクリスマスイヴからクリスマスにかけて猛威を振るったモバイルワームの件で大騒ぎになっていた。モバイルワームとしては世界で初めて大規模感染を起こしたSilentNightは、マルウェアの歴史に小さく名を刻まれることになった。しかし、クリスマス以降の七日間、一度としてニュースの類《たぐい》に目を向けなかった高坂には、そんなことは知りようもなかった。

今となっては、すべてどうでもよいことだった。目の前にいる佐薙以外に、関心を払うべきものなどないように思えた。

後に、当時を振り返って彼はこう述懐する――あのときの僕は、多分、それが最初で最後の機会だと心のどこかでわかっていたからこそ、一分一秒を丁寧に、悔いのないように過ごせたのだろう。

二人の幸福な時間がそう長くは続かないことを、高坂はまるで、自分の目で未来を見てきたかのように確信していた。

ことによるとそれは、虫の知らせのようなものだったのかもしれない。

佐薙が言っていた「いつか高坂さんを殺しちゃうと思う」の意味は、訊かないでおいた。彼女の秘密をいたずらに解き明かすことで、ただでさえ少ない猶予《ゆうよ》が、さらに減ってしまうという予感があった。

結論を先送りにしたことが原因で、本当に佐薙に殺されることになったとしても、それはそれで構わなかった。彼女が殺したいというのなら好きにさせればいい、と高坂は心のうちで思った。どのみち佐薙がいなくなれば、僕の人生に意味はなくなるのだから。

和泉が姿を現したのは、一月一日の午後のことだった。初詣《はつもうで》を終えた二人は、何をするでもなく、カーテンを閉め切った部屋でうとうととしていた。あと一歩で眠りに落ちるというところで彼を現実に引き戻したのは、インターフォンの音だった。

　膝の上でぐっすりと眠っている佐薙を起こさないようにそっとベッドに寝かせると、高坂は来客に応じた。ドアを開けた先に和泉が立っているのを見ても、彼はほとんど動じなかった。

「そろそろ来る頃だと思っていましたよ」高坂は外の光に目を細めながら言った。

「佐薙ひじりはそこにいるな？」と和泉が訊ねた。逆光のせいで、彼の表情はよく読み取れなかった。

「います。眠っていますが、起こしてきたほうがいいですか？」

「ああ。悪いがそうしてくれ」

　高坂は部屋に戻り、佐薙の肩をそっと揺すった。「和泉さんが呼んでる」と言うと、佐薙はすっと目を覚まして起き上がった。

　二人は和泉に言われるがまま、マンションの正面に停《と》めてあった乗用車の後部座席に乗り込んだ。広い駐車場に停めればたちまち見失ってしまいそうな、印象に残りにくいグレーの車だった。車内は暖房が効いていて、シートからはうっすらと芳香剤の匂いがした。

車が動き出してからしばらくのあいだ、三人は一言も口をきかなかった。国道に入り、信号に引っかかったところで、和泉はようやく話を切り出した。

「高坂賢吾。今から俺は、あんたに少々衝撃的な事実を告げなければならない」

「和泉さん」と佐薙が口を差し挟んだ。「……やめて」

だが和泉は無視して続けた。

「あんたの頭の中には、新種の寄生虫が住み着いている。まだ正式な学名がないから、俺たちはただ〈虫〉とだけ呼んでいる。面倒な説明を省いて大雑把に言っちまうと、あんたが社会に適応できないのは、その〈虫〉のせいだ」


何かの冗談かと思った。

きっと、和泉と佐薙のあいだでしか通じないローカルなジョークなのだろう、と。

しかし、佐薙の表情を見れば、それが冗談ではないことは一目瞭然《いちもくりょうぜん》だった。

彼女は唇を震わせ、血の気の引いた顔でじっとうつむいていた。

まるで、その話を高坂に聞かれることを、心の底から恥じているかのように。

「そしてこの〈虫〉は、佐薙ひじりの頭の中にもいる」と和泉は続けた。「あんたの頭の中にいる〈虫〉と、佐薙ひじりの頭の中にいる〈虫〉は、互いに呼び合っている。あんたは佐薙ひじりを運命の相手と思っているかもしれないが、その感情は〈虫〉によって作り出されたものだ。あんたたちの恋は、操り人形の恋に過ぎないのさ」

バックミラー越しに見える和泉の表情は、どこまでも真剣だった。

高坂は否定の言葉を求めて佐薙に視線を送った。

しかし、彼女の口から漏れ出てきたのは、

「……騙《だま》してて、ごめんなさい」

の一言だった。

第6章　虫が良い話

車は町外れの診療所の前で停まった。移動に要したのは体感では十五分程度だったが、考えることが多すぎてすっかり時間感覚が麻痺していたので、実際はその倍以上かかっていたかもしれない。あるいはその逆で、半分以下だったかもしれない。いずれにせよ大した距離は移動していないはずだったが、その数分から数十分のあいだに景色は一変していた。見渡す限りの白が、そこにはあった。

周辺は山に囲まれていて、目の届く範囲に診療所以外の建物は見当たらない。道沿いにぽつんとバス停を示す標識が立っており、その脇には申し訳程度にふたつの古びた木の椅子が設置されていた。標識も椅子も分厚い雪に覆《おお》われていて、ともすればバスの運転手に見逃されてしまいそうだ。なんとも言えず、寒々しい場所だった。

エンジンが止まると、車内は静寂に包まれた。一息分の間を置いて、和泉がドアを開けて車を降りた。高坂と佐薙もそれに続いた。足が地面に着いたとき、ざくり、と雪を踏む感触があった。除雪が行き届いているのは正面玄関の前だけで、広い駐車場の大部分は足首まですっぽりと埋まるくらい雪が積もっていた。

診療所は、小綺麗だがどこか陰鬱《いんうつ》な感じのする建物だった。外壁は雪景色に溶け込むのを狙ってでもいるかのような乳白色で、遠目に見ると輪郭《りんかく》がぼやけていた。屋根から垂れ下がる幾本《いくほん》もの氷柱《つらら》は、長いものでは一メートル以上あり、今にも自重に耐えかねて落下しそうに見えた。

入口手前の壁に、「瓜実《うりざね》診療所」と書かれた看板が貼られていた。ドアをくぐると、茶色いソファーが三列並んだ狭い待合室があった。蛍光灯の寿命が近いのか、室内は薄暗く、ぬらぬらと光るリノリウムの床は苔《こけ》を思わせる濁《にご》った緑色をしていた。角には、狭い部屋に不釣り合いな背の高い観葉植物が置かれていた。

待合室には三人の患者がいて、いずれも老人だった。老人たちは小さな声で何かを話し合っていて、高坂たちがそばにくると一瞬そちらに目を向けたが、すぐにまた話に戻った。

能面のような顔をした三十代の女性が、受付をしていた。彼女は和泉を見ると軽く頭を下げ、それで役目は果たしたとばかりに顔を伏せて事務作業に戻った。

和泉は診察室の前で立ち止まり、高坂に中に入るように促した。

「瓜実さんから、あんたに話があるそうだ」と和泉は告げた。「俺たちは待合室にいる。話が済んだらすぐに戻って来いよ」

高坂は肯き、それから佐薙のほうを見た。佐薙は彼と目が合いそうになると、さっと視線を逸らし、和泉を置いて一足先に待合室へ戻って行った。

ドアをノックすると、中から「どうぞ」という声が聞こえた。

高坂はドアを開け、診察室に足を踏み入れた。入口から見て左手にあるデスクに、医師と見られる初老の男が座っていた。短く刈《か》られた髪は真っ白で、眉毛や豊かに蓄《たくわ》えられた口髭《くちひげ》もそれと同様に白かった。眉間《みけん》には苦悩の痕のように深い皺が刻まれていた。彼が院長の瓜実だろう、と高坂は推測した。

瓜実がデスクから顔を上げて振り返る。動きに合わせて、回転椅子が軋《きし》んだ。

「おかけになってください」

高坂は患者用の椅子に腰を下ろした。

瓜実は値踏みするように高坂の全身を眺め回した。このとき高坂はまだ、目の前にいる老人が佐薙の祖父だとは知らなかったので、その視線の意味を深く考えようとはしなかった。

「どこまでお聞きになっていますか？」と瓜実が訊ねた。

高坂は車内での会話を思い出して言った。「僕の頭の中に新種の寄生虫がいて、その〈虫〉が僕に恋をさせたり社会に馴染めなくしたりしている、とだけ」

瓜実は「ふむ」と指で口髭を撫でた。「さて、どこから説明したものでしょうか」彼は椅子の背にもたれ、ふうと溜め息をついた。「高坂君、でしたね。そもそもあなたは、どこまで本気にされているのですか？　頭の中にいる未知の寄生虫が、宿主である人間の意思決定にまで影響を及ぼしているなどというたわごとを」

「……正直言って、まだ半信半疑です」

瓜実は肯いた。「そうでしょう。それが正常な反応というものです」

「ただ」と高坂はつけ加えた。「ある種の寄生虫が人間の行動傾向を変化させるという話は、佐薙から聞いています。ですので、意思決定に影響を与える寄生虫がいるというのも、決してあり得ない話ではないと思うんですが……僕が社会に馴染めないことまでそれで説明できると言われてしまうと、いささか虫が良すぎて、信じるのが躊躇《ためら》われると言いますか……」

瓜実はそれを遮った。

「いいえ、違います。これは虫が良い話ではありません。虫が悪い話なのです」

彼は折り畳んだ一枚の紙を差し出した。新聞記事の切り抜きで、日付は昨年の七月二十日、見出しには、

病院内で自殺
医師と患者、心中か

とあった。

「このまま放っておけば、あなたたちも、彼らと同じ道を歩むことになるかもしれません」

瓜実はそう言うと、今度は抽斗《ひきだし》から書類を取り出して高坂に渡した。

「その記事の医師は、自殺の直前、私にメールを送ってきました。件名も本文もなく、テキストファイルがひとつ添付されているだけのメールです。ファイルの中身は、二人が出会ってから心中に至るまでの期間に交わしたメールのやりとりの記録でした。それを読めば、〈虫〉についておおよその事情は呑み込めるでしょう」

高坂は視線を落とし、受け取った書類の一枚目を捲《めく》った。

＊

送信日：2011/06/10　件名：先日は申し訳ありませんでした

イズミです。先日の診療ではしどろもどろになってしまい、上手く事情を説明できず先生を混乱させてしまったようで、申し訳ありませんでした。あらかじめ語るべき内容をまとめておいたつもりだったのですが、いざ先生を前にしたら、頭が真っ白になってしまったのです。次もこうならないとは限らないので、ここはひとつ、メールで説明してみようかと思います。たぶん、直接語るよりも、こちらのほうがずっと正確で早いので……。

私があのとき説明しようとしていたのは、どのようないきさつで甘露寺《かんろじ》先生の名前を知るに至ったか、ということでした（突然古い論文の話など持ち出して、さぞ妙な患者だと思われたことでしょう。重ね重ね申し訳ありません）。今になって考えると、素直に時系列に沿って説明していれば、話はずっとわかりやすくなっていたんでしょうね。要領が悪くて本当にすみません……。反省を活《い》かして、ここでは、きちんと出来事が生じた順番に語っていくつもりです。少し長くなりますが、なにとぞご容赦《ようしゃ》ください。

初めに、徴候《ちょうこう》としての頭痛がありました。四月中旬のことだったと記憶しています。

頭痛は、半月ほど続きました。もともと私は偏頭痛《へんずつう》持ちなのですが、こんなに痛みが長引いたのは初めての経験でした。これまでは、薬を飲めばたいてい二、三日で治っていたんです。

とは言え、そのときはあまり物事を深刻に捉えてはいませんでした。ストレスが溜まっているのかなとか、花粉症に罹《かか》ったのかなとか、そんな風に考えた程度でした。実際、頭痛そのものは大したことなかったんです。半月を過ぎた辺りから痛みは徐々に引いていき、やがて完全に消えてなくなりました。やっぱり一時的な体調不良にすぎなかったんだ、と私はほっとしました。

問題はそのあとでした。頭痛が治ってからしばらくして、私は自分が奇妙な妄想に取《と》り憑《つ》かれてしまっていることに気づいたんです。

私は町役場に臨時職員として勤めていて、普段は車で通勤しているのですが――その日、いつものように職場に向かっていた私は、何気なく交差点を通りすぎたとき、まったく出し抜けに、とてつもない恐怖に襲われました。慌ててブレーキを踏み、路肩に車を停めて、後ろを振り返りました。

『ひょっとしたら、今私は人を轢《ひ》いてしまったんじゃないか？』という可能性が頭をよぎったんです。もちろん、本当にそんなことがあったら、車体に強い衝撃があるはずです。いくらぼうっとしていても、はっきりとわかるに決まっています。しかし、私は車を降りて確かめてみずにはいられませんでした。当然、車体にはへこみも傷もなく、来た道を振り返っても人が血塗《ちまみ》れで倒れているといったことはありませんでした。しかし、一度生じた恐怖は、いつまでたっても色濃く私の中に残っていました。

それからというもの、私は何をしているときも、『自分は無自覚のうちに他人に危害を加えているんじゃないか』という恐怖に苛《さいな》まれるようになりました。たとえば混雑した駅の階段を下りていると、誰かを無意識に突き落としてしまったんじゃないかと不安になります。仕事をしていると、何か重大なミスを犯して皆に迷惑をかけてしまっているんじゃないかと不安になります。買い物をしていると、無自覚のうちに万引きをしてしまっているんじゃないかと不安になります。人と会ったあと、相手を傷つけるようなことを言ってしまったんじゃないかと不安になります。その場で確認可能なことならまだよいのですが、たとえば『人を轢いたのでは』という不安の場合、翌朝の新聞記事を見るまで安心できません。まるで、あの半月続いた頭痛が、私の頭を狂わせてしまったみたいでした。

だんだんと私は、家の外に出るのが億劫《おっくう》になっていきました。危害を加えるのが怖くて他人を遠ざけるようになり、ひとりぼっちになっていきました。穏やかな気分になれるのは、家に籠もって一人きりでじっとしているときだけでした。

それが「加害恐怖」と呼ばれる強迫性障害の一症状であることは、私も一応知っていました。強迫性障害が自然治癒する見込みの薄い病だということも、知識としてありました。……にもかかわらず、精神科を受診するのには、強い抵抗がありました。心を病んだことを、認めたくなかったのでしょう。それまで私は、自分のことを強い女だと思っていたんです。

ですが、いつまでもそのままにしておくわけにもいきません。加害恐怖は日に日に悪化して、日常生活に支障を来すまでになっていました。そこで私は、『自分は慢性的な頭痛に悩まされていて、それが原因で神経が過敏になっている』というストーリーをでっちあげて病院に行く理由を作り、まず総合診療科を受診することにしました。ここで精神科を勧められたら、大人しくそれに従うつもりでいました。

ところが検査の結果、意外な事実が判明しました。どうやら私の加害恐怖は純然たる心の病気ではなく、脳の器質的病変による症状である可能性が高いそうなのです。なんと私の頭の中には寄生虫がいて、その虫が、脳に病巣を形成していたらしいのです。

私は安堵しました。寄生虫がいることがわかって安堵するというのも妙な話ですが、たぶん、そのわかりやすい構図が気に入ったんだと思います。寄生虫さえいなくなればこの理不尽な恐怖から解放されるのだと考えると、私の心は一気に晴れやかになりました。

しかし――ここからいよいよ話がおかしくなってくるのですが――いざ治療を受ける段になって、私は、得体の知れない不安に襲われました。それはこれまでの加害妄想とは性質の異なる、まったくもって根拠のない、降って湧いたような感情でした。なぜかはわからないのですが、このまま治療を受けて寄生虫を退治したら後悔することになるという予感が、突如として私の中に生じたのです。

私は適当な理由をつけて、病院から逃げ出しました。そして二度とそこへは戻りませんでした。どうかしている、と自分でも思いました。しかし不思議と、間違ったことをしたという気はしませんでした。目前の恐怖から逃れられた安心感で、頭が一杯だったんだと思います。

ですが、それから一か月も過ぎると、徐々に疑問が膨らんできました。結局、あの得体の知れない不安の正体はなんだったのか？　なぜ私は身を挺《てい》して寄生虫を庇《かば》うような真似《まね》をしてしまったのか？　あとになって気持ちの整理がつけば自ずとその意図も明らかになってくるだろうと楽観視していたのですが、現実には、むしろ日に日に謎が深まるばかりでした。まるで、あのときの私は、一時的に私ではなくなっていたとでもいうような……。

そのときふと、一年ほど前に雑誌で読んだ記事のことを思い出したんです。それは、ある種の寄生性原虫が、人間の性格や行動に影響を与えるという内容の記事でした。

私は記憶を辿ってその記事を見つけ出し、何度も何度も読み返しました。そうして関連記事や引用元の文献まで読み漁った末、次のような結論に至ったんです。

私の脳は、既に、寄生虫のコントロール下にある。

馬鹿げた妄想だと、人は笑うかもしれません。実際、それは病人の発想です。電磁波で攻撃されて思考を操作されているという統合失調症患者の妄想と大差ありません。もしかすると私の脳は既に寄生虫によって食い荒らされていて、まともにものを考えられなくなっているだけなのかもしれない、とも考えました。ですが、私の頭の中に寄生虫がいるということ——これだけは妄想ではなくれっきとした事実です。自分の頭を疑うのは、この寄生虫の正体を知ったあとでも遅くはないと思いました。

私はそれまでに目を通した中で、もっとも興味を引かれた論文の執筆者について調べてみました。すると、その執筆者が、私の実家からそう離れていない大学病院で働いていることが明らかになりました。そこにある種の運命のようなものを感じずにはいられませんでした。そのような経緯で、私は甘露寺先生に辿りついたのです。

送信日：2011/06/11　件名：Re：先日は申し訳ありませんでした

甘露寺です。メール拝読いたしました。なるほど、突然論文の話を持ち出されたのにはそのような背景があったのですね。丁寧なご説明ありがとうございます。おかげで大まかな事情が把握できました。

さて、率直に申し上げまして、私は大変驚いております。しかしこの驚きをご理解いただくためには、私のほうからも少々長話をせねばならないでしょう。

以下に記すことは、くれぐれもご内密にお願いいたします。

半年前のことです。寄生虫感染が疑われる二名の患者が私のところに回されてきました。男性のほうをYさん、女性のほうをSさんとしておきましょう。

Yさんと Sさんは、二十以上も年の離れた夫婦でした。それも、夫であるYさんのほうが年下というめずらしいケースです。非常に仲睦《なかむつ》まじい夫妻で、結婚から半年以上経つにもかかわらず、つきあい始めて間もない恋人同士のような微笑ましい空気を漂わせておりました。

二人は慢性的な頭痛を訴えていて、頭部MRI所見では嚢胞性病変を数個認めたとのことでした。脳寄生虫症が強く疑われたため、確定診断のため二人から脳脊髄液《のうせきずいえき》を採取してみたところ、どちらの髄液からも体長一ミリ程度の虫体が複数検出されました。

そこまではよかったのです。

顕微鏡を覗き込んだ私は、己の目を疑いました。二人の髄液から採取された寄生虫は、これまで目にしてきたどのような寄生虫とも似つかない外観をしておりました。ティアドロップ型の虫体で、先端部周辺にふたつの吸盤があります。交尾中と見られる個体が一組いて、二匹の虫体はY字状に癒着しておりました。形態的特徴からいって吸虫であることだけは間違いなさそうですが、それ以上のことは何もわかりません。数日に及ぶ調査の末、私は、二人から検出された寄生虫が新種であると結論づけました。

寄生部位に脳が含まれていることもあって、治療には慎重を期しました。中枢神経に寄生している虫は、無闇に駆除すればよいというわけではありません。シストが石灰化して治療の必要がなくなる場合もありますし、治療に対する炎症反応のほうが疾患自体より悪い場合もあるのです。

しかし、二の足を踏んでいる場合ではないのもまた事実でした。YさんとSさんの話によると、頭痛が始まってからしばらくして、彼らの心理状態に奇妙な変化が生じたらしいのです。

他人のにおいが気になって仕方がない、と二人は言っておられました。以前はそのようなことはなく、二人とも、どちらかと言えば嗅覚《きゅうかく》は鈍いほうであったそうなのですが、頭痛が弱まってくるにつれて、他人の体臭に嫌悪感を覚えるようになったとのことでした。それも汗臭いとか香水臭いというだけでなく、まったく普通の、においとも呼べないようなにおいにまで不快を感じるので、今や他人との交流が苦痛で仕方ないと言うのです。

二人はいかにも不安げに、寄生虫とこの症状とのあいだに因果関係はあるのかと私に訊ねました。私としては、現時点ではわからないと答えるしかありませんでした。頭部外傷によって嗅覚受容体と脳を繋ぐ嗅神経繊維が損傷したり、脳の変性疾患によって嗅神経そのものが損傷したりすることで嗅覚が消失することはよくあります。ですが、彼らのように嗅覚が過敏になるというパターンはそうそう見られるものではありません。副鼻腔や口内の感染症によって嗅覚異常が生じ、なんともないにおいを不快に感じるようになることもあるにはあるのですが……二人揃って同じ症状が出ているという点を考慮すると、心因性の嗅覚過敏《きゅうかくかびん》を疑ったほうがよさそうに思えました。同時に私は、脳器質性疾患の初期や経過中に強迫性障害が発症する場合があるということも忘れてはいませんでした。

ただ——実を言いますと、初めのうち、私は二人の精神症状そのものにはあまり注意を払っていませんでした。おそらく感応精神病《フォリアドゥ》のようなものだろうが、何にせよ、まずは寄生虫の駆除を優先すべきだろうと考えていたのです。根源を絶てば、自《おの》ずと精神症状のほうも緩和されるのではないかと踏んでおりました。

ところが、私が治療に取りかかろうとすると、途端にYさんとSさんは病院に顔を見せなくなりました。こちらから連絡をしてみましたが、彼らは仕事が忙しいとか体調が悪いとか、取ってつけたような理由で来院を拒否しました。それも一度や二度のことではありません。私の目には、まるで二人が寄生虫を庇っているかのように映りました。一体彼らが何を考えているのか、私には皆目わかりませんでした。普通、自分の頭の中に寄生虫がいると聞かされたら、何を差し置いてもそれを排除したがるものなのに。

そんなとき、私の前にイズミさんが現れたのです。あなたの症状と二人の症状には、いくつもの類似点がありました。軽度の頭痛、対人関係からの逃避、治療への拒否感。まさかとは思いつつ検査をしてみると、果たして、YさんとSさんの検査結果とほぼ同様の値が確認できました。虫体が確認できたわけではありませんが、あなたの頭蓋《ずがい》内にいる寄生虫は、二人の頭蓋内にいるのと同じものと見て間違いないでしょう。そしておそらくは、その寄生虫が、上記したような精神症状を引き起こしたのではないかと私は考えております。

無論、現時点で結論を下すことはできません。何しろこの寄生虫の感染者はまだたったの三人しかいないのです。そこからは、どのような一般的な法則も導き出せません。すべてを偶然の一言で片づけることもできます。ですが私には、これが単なる運命のいたずらとは思えないのです。自分は今巨大な秘密の片鱗《へんりん》に触れているのだと、私の第六感が告げているのです。

送信日：2011/06/11　件名：ありがとうございます！

イズミです。早速のご返信ありがとうございます。十中八九頭のおかしい人間のたわごととして聞き流されるだろうと思っていたのですが、まさかここまで丁寧なお返事をいただけるとは！　とても嬉しかったです。

私も、YさんとSさんの精神症状と私のそれとのあいだには、何かしら関連がある気がしてなりません。もっとも私は直接お二人にお目にかかったことがあるわけではないので、私の勘は第六感というよりも願望みたいなものですが……。

でも甘露寺先生がそうおっしゃるなら、きっとそうなんだと思います。私は先生のご判断を信じます。

六月十四日に病院に伺います。今度こそ、緊張せずに喋れるとよいのですが。

送信日：2011/06/20　件名：四人目の感染者について

甘露寺です。新種の寄生虫の件で進展がありましたのでご報告します。例によって、本メールの内容もご内密にお願いします。

先日、ついに四人目の感染者を確認しました。Hさんという女性で、これまでの感染者の中ではもっともお若い方です。Hさんもこれまでの感染者同様に慢性的な頭痛を理由に来院しており、寄生虫病の治療への拒否感、対人関係からの逃避傾向が強く出ているようでした。検査を行ったところ彼女の脳内にも嚢胞性の病変が認められ、さらに類症鑑別《るいしょうかんべつ》を進めた結果、それが例の新種の寄生虫による病変であるという診断に至りました。なお、Hさんの症例では、対人関係からの逃避傾向は視線恐怖という形で表れておりました。やはり症状の表れ方については、患者によって個人差があるようですね。いずれにせよ、虫がこうした精神症状の原因となっていることに疑念の余地はなさそうです。

不可解なのは、これまで一度も症例が報告されていない新種の寄生虫病の患者が、このような短期間に、立て続けに四人も私のもとにやって来られたという点です。ほかの病院で同種の寄生虫が患者から摘出されたという例は、自分の知る限りまだありません。また、私が診た患者は四人とも海外への渡航歴がなく、住んでいる地域もばらばらで、これといった共通点が見当たりません。そのため、この新種の寄生虫がどのような経路で彼らに感染したのか、手がかりさえ摑めずにいるというのが現状です。あるいはこの虫はなんらかの形で海外からこの国に持ち込まれたばかりで、現在急速に生息範囲を拡大している最中なのかもしれません。

四人目の感染者の話と関連して、十四日の診察の際にイズミさんからいただいたご質問にここでお答えしておきたいと思います。結論から申しますと、イズミさんの懸念されている通りです。私は自分の身体を用いて、新種の寄生虫の人体感染の実験を行っております。もっともこれは患者の治療のためというよりは、学者としての知的好奇心によるものです。ですから正確に言えば、Hさんは五人目の感染者となるわけです。

　感染から日が浅いため、現時点では症状らしい症状は出ておりませんが、虫は私の体内で順調にその数を増やしています。私の見込みが正しければ、いずれイズミさんらと同様の精神症状が生じることでしょう。なお、YさんとSさんの治療経過から、この寄生虫の駆除に開頭手術の必要はなく、従来の脳寄生虫症と同様にアルベンダゾールとコルチコステロイドの併用が有効であることが判明しております。そういうわけで、重症化の可能性はまずありませんからご安心ください。医者が倒れてしまっては元も子もありませんからね。

　それにしても、なぜあのときイズミさんは私の体内に寄生虫に感染しているとわかったのですか？　ご質問の際、イズミさんは私の体内に虫がいることについて、はっきりと確信を抱いているように見受けられました。何かしら、外から見て取れる変化があったということでしょうか。差し支えなければ理由をお聞かせ願えませんか？

送信日：2011/06/21　件名：Re：四人目の感染者について

イズミです。重症化の心配がないとのこと、安心しました。それにしても、先生は本当に研究にご熱心なのですね。頭が下がる思いです。とは言え、くれぐれもご無理などなさらぬよう、ご自愛ください。

なぜ先生の体内に虫がいるとわかったのか？　実を言いますと、それは私にもうまく説明できないのです。あの日、先生の姿を目にした瞬間、ただぴんときたのです。「ああ、先生は私と同じになったんだな」と。

あるいは私は、先生の表情や仕草に表れた微細な変化を無意識に感じ取って、そこから生じた違和感をあのような言葉に翻訳したのかもしれません。しかし本当のところはよくわかりません。あれは、虫の知らせのようなものだったんだと思います。

さて、唐突なようですが、ここでひとつ先生にご相談があります。自分で言うのもなんですが、相当に非常識な内容ですので、あまり深刻に受け止めず、頭のおかしい患者のたわごととして軽く読み流していただけると幸いです。

最近、私は一日中先生のことばかり考えています。朝目覚めたとき、化粧をする前、髪をとかすとき、仕事の最中、片時も欠かさずです。次に会えるのはいつか、どの服を着ていこうか、どんなことを話そうか、どうすればもっと私のことを知ってもらえるか……そんなことばかり考えています。

先生も薄々感づいていらっしゃるでしょうが、どうやら私は先生に恋をしているようです。もちろん、それがいわゆる陽性転移のようなものだということは、十分に自覚しているつもりです。こんな気持ちを打ち明けたところで先生を困らせてしまうだけだということも、重々承知しています。しかし、どれだけ正論を積み重ねたところで、そう簡単に割り切れる話でもないのです。

ひょっとすると今後、私はこのことで先生に多大なご迷惑をおかけすることになるかもしれません。ですので先に謝罪しておきます。申し訳ございません。そしてどうか、私を見捨てないでほしいです。

送信日：2011/06/24　件名：経過報告

甘露寺です。寄生虫感染後に生じた精神状態の変化について、手短にご報告します。

第一の変化として、患者と顔を合わせることが苦痛になりました。初めは単なる仕事疲れを疑っていたのですが、ほどなくその対象は「患者」から「他人」にまで拡張されました。四人に共通する「対人関係からの逃避」と合致する症状です。YさんやSさんの場合には「他人のにおいが不快に感じられる」、イズミさんの場合には「他人に危害を与えてしまいそうで怖い」、Hさんの場合には「他人の視線が気になる」といったように、その表れ方は様々ですが……帰するところは、おそらく同じではないかと思われます。

　私の結論はこうです――要するに〈虫〉に感染した者は、人間がきらいになるのです。四人に表れた症状の違いは、〈虫〉から押しつけられた無根拠な人間ぎらいを、各々が何に帰属させたかの違いだったのではないかと私は推量しております。

　もっとも、宿主から社会性を剥奪することで、〈虫〉にどのようなメリットがあるかは不明です。……たとえばある種の条虫は、本来単独行動をとるはずのアルテミアという小型の甲殻類に群行動をとらせます。そうすることで、終宿主であるオオフラミンゴにアルテミアが捕食される可能性が高まるためです。このように、宿主同士を接近させるというのならばまだ話はわかります。しかし、〈虫〉が宿主を孤立させることに一体なんの意味があるのでしょう？

体内から成体が見つかっているということは、すなわち人間が〈虫〉の終宿主だということです。卵や感染幼虫をばらまくのが終宿主の役割だというのに、その人間を孤立させるというのは明らかに不合理です。何か我々には想像もつかないような深遠な目的が、そこにはあるのかもしれません。

第二の変化については、概《おおむ》ね予想通りです。私は〈虫〉を体内から駆除することに、少なからず抵抗を覚えております。しかしこの部分は割愛いたしましょう。宿主が自らに害を為すはずの寄生者に愛着を持っているかのようにふるまう例は、取り立ててめずらしいものでもないからです。

問題は第三の変化です。これは前回のメールにイズミさんが書かれていた〝たわごと〟と関係してくる話です。

正直に申し上げますと、私はイズミさんの告白を大変嬉しく思っております。いえ、それどころか――医師としてあるまじき話ですが――おそらくは、あなたが私に対して抱いている以上の愛情を、私はあなたに対して抱いてしまっております。人間ぎらいの症状が着実に進行しているにもかかわらず、その想いはむしろ日に日に強まるばかりです。

しかし、結論を急いではなりません。互いに糠喜《ぬかよろこ》びするより先に、どうしても検討しておかなければならない事項がひとつあります。

〈虫〉を体内に取り入れるに当たり、心に決めていたことがありました。それは、今後起きる一切の心理的変化に猜疑《さいぎ》の眼差しを向けよう、ということです。一度〈虫〉の影響下に置かれてしまえば、どこまでが自分の意思で、どこからがそうでないのかなど自分では判別できません。となれば、何もかもを疑ってかかるしかないのです。

従って、私はこの恋愛感情をも疑っております。それも、ただ闇雲に疑っているというのではありません。思い当たる節があるのです。

Yさんとさんの経過観察の中で、私はある興味深い変化を目の当たりにしました。治療が進み、〈虫〉の影響力が薄れていくにつれて、着実に二人の人間ぎらいは改善されていったのですが、あたかもそれと逆行するように、二人の心が離れていっていることに気づいたのです。治療を開始してから二か月が過ぎた頃には、初対面のときに感じられた新婚夫婦のような仲睦まじげな空気は、もはや跡形もなく消え去っておりました。

初めのうち、私はそれを、原因不明の病がもたらしていた不安が取り除かれたことによって、二人がいわば「吊り橋を降りた」ような状態にあるためだろうと解釈しておりました。差し迫った危機が去ったことで、恋を燃え上がらせる燃料がなくなってしまったのだろう、と。しかし、身をもって〈虫〉の寄生を経験した今では、二人の関係の変化には、何か深い意味があるように思えて仕方がありません。たとえばそう……二人の愛は、〈虫〉の存在によって維持されていたとでもいうような。

私がイズミさんにお伝えしたいのは、つまるところこういうことです——〈虫〉が宿主の恋愛感情にまで影響を与えている可能性がある以上、我々は、我々の気持ちに安易に結論を出すべきではありません。

冷静な判断を期待しております。

送信日：2011/06/25　件名：いくつかの疑問

つまり先生は、私たちが恋をしているのではなく、私たちの体内の〈虫〉が恋をしているのだとおっしゃりたいのですね？

私のような門外漢にはわかりかねるのですが……仮に、宿主同士に恋をさせるような力が〈虫〉にあったとしましょう。なぜ〈虫〉は、そのような力を持たねばならなかったのでしょうか？　仮にそれが〈虫〉の繁殖戦略のひとつだったとして、どうしてわざわざ感染者同士に恋をさせなければならないのでしょうか？

感染者が健常者に恋をするように仕向けることで、感染の機会を増やすというのならまだわかります。しかし、既に〈虫〉に冒《おか》された者同士のみを引き合わせることに、一体どのようなメリットがあるというのでしょう？

先生は、私を傷つけることなく遠ざけたくて、もっともらしく聞こえる嘘をついているのではないでしょうか？　そんな風に勘繰らずにはいられません。

送信日：2011/6/28　件名：Re：いくつかの疑問

イズミさんの疑問はごもっともです。私も、まさに同じことでこの数日間頭を悩ませておりました。既に寄生が成立している宿主同士を恋に陥らせることが、〈虫〉が繁殖していく上でどのように有利に働くのか？

この問いに対する答えらしい答えが閃《ひらめ》いたのは、つい昨日、近所の並木道を歩いていたときのことです（私は考えごとをするとき、よくそうやってぶらぶらと散歩をするのです）。どれだけ頭を捻っても上手い説明が出てこなかったので、私は気晴らしに道端のソメイヨシノを見やりながら、それについて当て所なく考えておりました。

小さな子供の時分、私の友人に一人、小学校の勉強は苦手なのに生物学の知識だけは高校生並という変わり者がおりました。ある日、その友人と通学路の桜並木の下を歩いていると、彼はふと思いついたように私に訊ねました。「ソメイヨシノが実をつけているところ、見たことある？」

考えてみれば一度も見たことがないと私が答えると、彼は得意げにその仕組みについて語りました。

「それは、ソメイヨシノの自家不和合性——自家受精を防ぐ遺伝的性質——が強いからだよ。これは人間でいうところの近親相姦《きんしんそうかん》を防ぐためのシステムなんだけど、ソメイヨシノという桜はすべて接ぎ木や何かで人工的に増やされたクローンだから、どの個体同士で交配しようと必ず近親交配が起きちゃうんだ。だから他品種の桜との交配によってハーフが生まれることはあっても、ソメイヨシノ同士の子が生まれることはない。しかもソメイヨシノを他品種の桜と一緒に植えることはあまりないから、結実の機会はほとんどないってわけだね……」

そこまで回想したところで、私ははっとしました。

仮に、〈虫〉も、ソ、メ、イ、ヨ、シ、ノ、と、同、じ、だ、っ、た、と、し、た、ら？

同一または類似の遺伝子型を持つ個体同士の交配を血縁認識によって回避するようなシステムが、〈虫〉にも備わっているとしたら？

私は思考をさらに押し進めました。その非自己識別機構が、たとえば「同一の宿主間で成熟した個体同士の生殖を禁止する」といったものだとしたら？　〈虫〉は、異なる宿主内で成熟した個体と生殖を行うために、宿主間を行き来する必要が出てくるでしょう（虫媒花《ちゅうばいか》のように、ポリネーターに花粉だけ運んでもらうわけにはいかないのですから）。そしてその目的を果たすにあたっては、宿主同士を恋に陥らせるという戦略は、極めて妥当なものと言えるのではないでしょうか？

それは、控えめに言っても突飛《とっぴ》な発想でした。根拠薄弱《こんきょはくじゃく》で、論理は飛躍しております。いかにもサイエンスフィクションを読みすぎた人間の妄想じみております。私はその非現実的なアイディアを笑い飛ばそうとしました。確かに、植物や菌類に限らず、自家不稔機構《じかふねんきこう》を持った動物はいることにはいます。カタユウレイボヤなどがそうです。しかし、いくら遺伝的多様性を確保するためといって、そこまで複雑で迂遠《うえん》な生殖様式をとる生物がいるはずが――

そこで私は、はたと立ち止まりました。単為生殖が可能な体を持っているにもかかわらず〝複雑で迂遠な生殖様式をとる生物〟が、実在していることに気づいてしまったのです。……そう、言うまでもありませんね。以前イズミさんと交わした会話の中で出てきた寄生虫。フタゴムシのことです。

もっともそれはフタゴムシに限った話ではありません。たとえばある種の肺吸虫も、雌雄同体《しゆうどうたい》で単為生殖が可能であるにもかかわらず、二匹が相接していないことには成虫まで発育できません。よくよく考えてみると、こういった一見非合理的なほど複雑な繁殖戦略は、寄生虫界においてはごくありふれたものなのです。

私は今一度、そのアイディアについて掘り下げて検討してみました。感染した者同士を恋に陥らせる寄生虫が実在したとして、感染者は、どのようにしてほかの感染者をそれと認識するのでしょう？　きっと、何らかのシグナルが発されているはずです。それがどのような性質で、どれくらいの強度があるのかはわかりませんが――とにかくそのシグナルの存在が、私のもとに感染者が次々と集まってくるという不可解な状況を生み出しているのかもしれないと私は推測しました。おそらく、〈虫〉の感染者は無意識のうちに引き寄せ合うのです。

そう仮定すると、宿主を人間ぎらいにするというその一見不合理な戦略も、一応の説明が可能になってきます。たとえば、そう……〈虫〉の行動操作の本質は、宿主の孤立ではなく、宿主同士の結束のほうにある、というのはどうでしょうか。ある集団内の成員がすべて〈虫〉に感染した場合、その集団は排他性《はいたせい》と凝集性《ぎょうしゅうせい》が飛躍的に高まることが予想されます。そのようにして相互協力的になった感染者集団は、非感染者集団と比べて存続力が高く、従って成員個々の生存率も高いでしょう。それは人間を最後の住処《すみか》とする〈虫〉にとって、非常に望ましいことであるはずです。

寄生者が宿主の社会性に影響を及ぼすというのは、かねてより指摘されている話です。ドーキンスも、シロアリの高度に発達した社会構造は腸内微生物の操作によるものと指摘しております。シロアリは餌を口移しで与え合うことによって微生物を群全体に行き渡らせますが、この行動は微生物が繁殖のためにシロアリを操作した結果と考えられているのです。さらに過激な例を挙げれば、ベルベットモンキーやニホンザルの社会性、ひいては人間の社会性はレトロウイルスがもたらしたという説もあるくらいなのです。ウイルスやバクテリアがそうなのですから、〈虫〉が人間の社会性に関与できたとしても、なんら不思議はないでしょう。

イズミさんを遠ざけたいなどという気持ちは、私の中には微塵もありません。むしろ私は、確信を持ってあなたを愛したいと思うからこそ、あらゆる不安材料を取り除こうと躍起《やっき》になっているのです。

思えば、私はこの五十年近い歳月を、ひたすら孤独に生きてきました。誰を前にしても気持ちが揺れ動くということはなく、人と関われば関わるほどかえって虚しさが募るばかりで、四十を過ぎた辺りからは一種無感覚の状態に陥り、生きながらにして死んでいるような心持ちで日々を過ごしておりました。しかし、イズミさんと出会い、私は久しく味わっていなかった心の震えを取り戻しました。イズミさんと会って話をしているとき、私の胸はまるで恋を知り立ての少年の頃のように甘く疼《うず》きます。そして、だからこそ私は危惧《きぐ》しているのです。もしもこの感情が〈虫〉によってもたらされたものだとすれば、これほど人間を馬鹿にした話もありません。

送信日：2011/6/30　件名：（件名なし）

先生がそうおっしゃってくれて、私は嬉しいです。

とてもとても、嬉しいです。

もう死んじゃってもいいくらいです。

でも、先生の仮説が正しかったとしたら、〈虫〉がいなくなれば、この気持ちも失われてしまうのですね。

なんだかそれは、とっても悲しいことのように思えます。

七月の頭、病院に伺います。

それでは。

*

二人のやりとりはそこで終わっていた。高坂は書類に目を落としたまま、しばらくじっと黙り込んでいた。

あらためて、記事の日付とメールの日付を見比べた。六月三十日を最後にメールのやりとりが途絶え、七月二十日に二人は心中している。その二十日のあいだに二人に何があったのかは、今となっては神のみぞ知るところだ。彼らは肝心な部分は誰にも知らせることなく、秘密を抱え込んだままあちら側の世界に行ってしまった。

瓜実がこの手紙を見せてきた意図は、あえて訊くまでもないだろう。甘露寺とイズミは〈虫〉の影響で恋に落ち、その後、謎の心中を遂げた——となれば、彼らと同様に〈虫〉の影響で恋に落ちた高坂と佐薙も、二の舞を演ずる可能性は大いにあり得る。

つまりはそういうことなのだろう。

高坂は新聞記事の切り抜きと書類を瓜実に返却した。そして訊いた。

「ここに出てくるHさんというのは、佐薙のことですね？」

「ええ、その通りです」瓜実は肯いた。

高坂は数秒間考え込んでから訊ねた。「佐薙は、〈虫〉に感染する以前は、今とは違った性格だったんですか？」

「難しい質問です」瓜実は口を曲げ、首の後ろを掻きむしった。「ある意味ではその通りなのですが……何分事情が入り組んでいるため、断言はできかねます」

「と言うと？」

瓜実は体を少し動かして窓の外に目をやった。体の動きに合わせて椅子が軋む。窓枠から覗く景色の上半分は、屋根から垂れ下がった長い氷柱によって覆い隠されていた。

「その辺りも含め、ここからは順を追って話していくとしましょう。この一年のあいだに、ひじりの身に何が起こったか。いかにして、〈虫〉が彼女の人生を破壊し尽くしていったのか」

　瓜実は両手を膝について姿勢を正した。


　それはある夫婦の自殺から始まりました、と瓜実は切り出した。

「夫婦仲は良好で、経済的な苦労とは無縁、夫の仕事は順調、妻は専業主婦の立場を気に入っていて、一人娘は順調に育っていました。絵に描いたような、幸福な家庭でした。命を絶たねばならない理由など、何ひとつなかったはずです。

　しかし二人の死が自殺であることに、疑いの余地はありませんでした。彼らが手を繋いで山間に架《か》かる橋から飛び降りるのを、たまたまそこを通りかかった人たちが目撃していたらしいのです。……今から、およそ一年前の話になります。

　一人、娘だけが残されました。それがひじりです。当時、十六歳になって間もなかった彼女は、ほかに身寄りもなかったので、母方の祖父——つまり私に引き取られることになりました。

私のもとに引き取られてからしばらくのあいだ、あの子はほとんど口をききませんでした。喋るのを拒否しているというよりは、他人との喋り方を忘れてしまったように見えました。かつては明るくて友人の多い子だったのですが、人が変わったように無口になってしまい、学校でも必要最小限の言葉しか発していない様子でした。よほど両親の死がショックだったのだろう、とそのときは思いました。亡くなった母親は――長らく音信不通だったとは言え――私の娘でもありましたし、私自身も二年前に妻に先立たれたばかりでしたので、ひじりの悲しみは手に取るようにわかりました。

しかし、事実は私の想像とは違っていました。あの子はただ悲しみに暮れていたわけではありませんでした。

ずっと、一人で考え込んでいたのです。

あるとき、ひじりはなんの前置きもなしに言いました。

『お父さんとお母さんのあれは、多分、自殺じゃなかったんだと思う』

どういうことだい、と私は訊ねました。するとひじりは堰《せき》を切ったように話し始めました。自殺の半年ほど前から、両親の様子がおかしかったこと。異様なくらい他人を恐れるようになって、『近所の人たちに見張られている』『いつも尾行されている』と、わけのわからない被害妄想を口走るようになっていたこと。

『どうして突然あんな風になったのか不思議で仕方なかったんだけど、今、やっとその理由がわかった気がする』とあの子は私に言いました。『二人は、病気だったんだよ。そしてどうやら、私もその病気にかかっているみたい』

私には、ひじりの言っていることの半分も理解できませんでした。しかし、ほどなくして彼女が高校を頻繁に欠席するようになり、私に対してもよそよそしい態度をとるようになって、ようやく『病気』の意味がわかりました。

この子は両親と同じ道を歩もうとしている、と私は直感しました。このまま放っておけば、取り返しのつかないことになるのは目に見えています。のんびりと自然治癒に任せている場合ではなさそうでした。

私はひじりをつれて心療内科や精神科を巡り歩きました。しかしめぼしい成果はなく、あの子が他人の視線に怯えているということが明らかになっただけで、症状が改善する様子は一向に見られませんでした。

状況を打開する契機となったのは、ある臨床心理士が聞き出した一言でした。治療の経過を私に説明する中で、その年若い女性の臨床心理士は『そういえば』と切り出しました。

『何気ない会話の中で、ひじりさんがこんなことを口にしたんです。「私の頭の中には虫がいるの」と。特にこちらの反応を期待してはいないようでしたが、どこか気にかかる言い方でした。彼女の心を読み解いていく上で何かのヒントになるかと思い、私はその意味を詳しく説明してもらおうとしました。しかし彼女は冗談だと言ってはぐらかすばかりで、以後、虫の話が話題に上がることは一度もありませんでした』

その後、臨床心理士は『頭の中の虫』について月並みな心理学的見解を述べました。強いストレスや解離性障害などが原因で、そのような寄生虫妄想が生じることが稀《まれ》にあるのだそうです。

ですが私は、その『頭の中の虫』という言葉に奇妙な引っかかりを覚えました。寝ても覚めても、その言葉は頭から離れませんでした。あの子がぽろりと漏らした一言には、何か特別な意味があるような気がしてなりませんでした。それは医師としての直観というよりは、血の繋がりをもった祖父としての直感だったように思います。

思えば近頃、あの子は慢性的な頭痛に悩まされているらしく、鎮痛薬を片時も手放しませんでした。年頃の娘にはよくあることだと気にも留めていませんでしたが、一度疑い始めると、その原因を確かめずにはいられなくなりました。

思い切って本人に問《と》い質《ただ》してみましたが、ひじりは『そんなことは喋っていない』

の一点張りで取りつく島もありません。そこで私は、適当な理由をでっち上げて彼女の血液を採取し、外注検査に出しました。

返ってきた検査結果を見て、私は息を呑みました。好酸球増多やIgE値の上昇といった、アレルギー反応や寄生虫感染時に特有の結果が出ていたのです。もちろんそれだけで『頭の中の虫』が事実だと断定することはできませんが、ともかく、あの子の体内でなんらかの異変が起きているのは確かでした。

私は知人の伝手《つて》を頼り、寄生虫学を専門とする医学部教授を紹介してもらいました。その教授こそが甘露寺寛《ゆたか》——この一連の事件の中心となる男だったわけです。

年は四十代後半、学者然とした気難しい顔をしてはいますが、すらりと背が高く、彫りの深い顔立ちをした、見栄えのする男性でした。界隈では有名な方らしく、研究のためには自分自身を寄生虫に感染させることも厭《いと》わない、熱心な寄生虫学者として知られていました。

私は甘露寺教授に語りました。娘夫婦の不可解な死、孫に生じた異変、慢性頭痛、『頭の中の虫』、血液検査の結果について。一笑に付されることを覚悟していたのですが、甘露寺教授はその話に並々ならぬ関心を示しました。取りわけ、『頭の中の虫』『視線恐怖』という言葉に、彼は鋭く反応したように見えました。

ひじりはいくつかの専門的な検査を受けることになりました。翌週、検査結果を聞きにいくため私はひじりを連れ出そうとしましたが、彼女は頭痛を言い訳にしてそれを拒否しました。一日で仮病とわかりましたが、嫌がるものを無理に連れていくのも忍びなく、私は一人で甘露寺教授のいる病院へ赴きました。

そこで、私は衝撃的な事実を知らされることになったのです。

『まずはこちらをご覧ください』

そう言って甘露寺教授が提示したのは、ひじりの頭部ＭＲＩ画像でした。そこには複数のリング状の造影効果が確認できました。さらに彼は、血清診断の結果を私に見せてきました。私がその数値に目を通すより先に、甘露寺教授はさらりと告げました。

『結論から申し上げますと、お孫さんの頭の中には寄生虫がいます』

私は大きく息を吐いてから、ゆっくりと肯きました。どういうわけか、自分でも不思議なくらい冷静にその事実を受容することができました。

甘露寺教授は続けました。『ですが、ある意味では、お孫さんは非常に幸運だったと言えます。無論、寄生虫感染そのものが不運であることには違いないのですが……しかし、最初にお孫さんを診察したのがこの私であったことは、僥倖《ぎょうこう》というほかありません』

そうして彼は、ひじりと同様の症状を呈している患者を複数担当していることを私に説明しました。彼らの頭の中にいるのが新種の寄生虫であること、〈虫〉が宿主の精神を自在に操っているかもしれないということ、だが既存の治療法で十分に対処可能であるということ。

後日、私はひじりを連れてもう一度彼の病院を訪れました。そうしてひじりは甘露寺教授のもとで治療を受けることになりました。このようにして私たちは甘露寺教授と関わりを持つに至ったわけですが——それからひと月とせずに、彼の訃報《ふほう》を聞くこととなりました。

甘露寺教授の自殺は、ニュースで大々的に報道されました。医学部教授が大学構内で自殺したというだけでも結構な事件ですが、それが単なる自殺ではなく、彼の担当していた患者との心中だったということで、大変な騒ぎになりました。あちこちで、様々な憶測がまことしやかに囁《ささや》かれました。

私は甘露寺教授の死を報じる新聞記事をひじりに見せました。隠していてもしょうがないと思ったのです。ひじりは記事に目を通すと、落ち着き払った様子で『なんだか、私のお父さんとお母さんみたい』と独り言のように言いました。それは私の抱いた感想とまったく同じでした。

『多分あの先生、自分の身体を寄生虫の実験台にしちゃったんだろうね』とひじりは表情ひとつ変えずに言いました。『いい人だったのに』

『お前も、あの寄生虫が、彼の自殺の原因だと見ているのか？』

私が訊ねると、彼女は当然とばかりに肯きました。

『心中した相手の患者さんっていうのは、多分感染者の一人でしょ。私の直前に甘露寺先生を訪ねてきたっていう女の人』

私は少し考え込んでからひじりにこう訊ねました。

『率直に訊くぞ。今、少しでも死にたいという気持ちはあるか？』

『そりゃ、少しもないって言ったら嘘になるよ』ひじりは肩をすぼめました。『でもそれは、ずっと昔から。今に始まったことじゃない。性格の暗さで説明できる範疇《はんちゅう》だよ』

それを聞いて、私は胸を撫で下ろしました。

『仮に、この寄生虫が感染者に自殺を促す危険生物だったとして』彼女はこめかみを人差し指でつつきながら言いました。『症状には個人差があるんじゃないかな。そうでなければ、最初に病院を訪れたっていう夫婦もとっくに自殺しているはずだもん』

『怖くないのか？』おそろしく冷静に状況を分析している孫を目の当たりにして、私はそう訊かずにはいられませんでした。

『怖いよ。でも、これで少なくともひとつ、はっきりしたことがある。お父さんとお母さんは、私を残して自殺したんじゃない。寄生虫に殺されただけだったんだ』

そう言うと、ひじりはふっと微笑みました。皮肉にも、それは彼女が私の家に引き取られてから初めて見せた笑顔でした。

自殺の直前に甘露寺教授が私にメールを送っていたことに気づいたのは、その日の晩でした。

おそらく甘露寺教授は、三人の患者を残したまま命を絶つことが最後まで気がかりだったのだと思います。そこで、同業者であり、患者の身内ということで〈虫〉周辺の事情をよく把握している私にそれを託すことにしたのではないでしょうか。二人の交わしたメールをそのまま送ってきたのは、具体的な伝言を残す時間がなかったためでしょう。

私は二人のメールのやりとりを何度も読み返しましたが、結局、〈虫〉が宿主に死をもたらす機序については何ひとつわかりませんでした。はっきりしているのは、甘露寺教授のように理知的な人物でさえ、〈虫〉には逆らえなかったということだけです。

私は、長谷川祐二《はせがわゆうじ》と長谷川聡子《さとこ》——手紙の中で『Yさん』『Sさん』とされていた人物ですね——の治療を引き継ぎました。寄生虫疾患は私の専門ではありませんでしたが、メール中に記されていた治療法をもとに、長谷川夫妻とひじりの駆虫を続行したのです。

これまでに亡くなった四人がいずれも感染者同士のカップルであることを考慮して、私は長谷川夫妻には一度距離を置いて生活してもらったほうがよいだろうと判断しました。二人は、実にすんなりと私の提言に従いました。離れて暮らす大義名分ができて、ほっとした様子でさえありました。なるほど甘露寺教授のメールにあった通りです。二人の関係は、とうに修復不可能なレベルにまで崩壊しているようでした。

長谷川夫妻が順調に回復していく一方、ひじりの症状は、一向に改善される気配がありませんでした。同じ駆虫薬を飲んでいるのに、その効果の差は歴然でした。長谷川夫妻の〈人間ぎらい〉が徐々に収まっていくのに対して、ひじりの〈人間ぎらい〉は収まるどころか悪化すらしていました。

それもそのはずです。ひじりは、実際には駆虫薬を飲んでいなかったのですから。

ある日偶然、私はその現場を目撃しました。ひじりが薬を飲まずにごみ箱へ放り込んでいる現場に、偶然居合わせたのです。ひじりは私と目が合うと、言い訳をするでもなく、『怒りたいなら怒ればいい』とでも言いたげに肩を竦めました。

このときばかりは、私はひじりを叱責《しっせき》しました。自分が何をしているのかわかっているのかと問うと、ひじりはうんざりした顔で嘆息しました。それから、ぼそりとつぶやいたのです。

『治らなくてもいいよ。それで死ぬことになっても構わない。私、こんな世界とは、さっさとお別れしたいの』

それはお前の体内に〈虫〉がいるからだ、〈虫〉が身を守るためにお前にそう思わせているだけなんだ――いくらそう言ってみても、効き目はありませんでした。やがてあの子は髪を明るい色に染め、耳にピアスを開けました。学校を休み、古い哲学書や寄生虫に関する文献を読み漁るようになりました。

どうやら、ひじりの体内の〈虫〉を駆除するには、まず彼女の『治りたい』という意志を育てる必要があるようでした。ですが、どうすればあの子が駆虫に前向きな姿勢を示してくれるか、私にはさっぱりわかりませんでした。

和泉君が現れたのは、そんなときでした。ある日突然アポイントメントもなしに押しかけてきたその男の苗字に、私は聞き覚えがありました。それもそのはずです。彼は、甘露寺教授と心中した女性、イズミさんの父親でした。彼もまた甘露寺教授からメールを受けとっていたらしく、〈虫〉の存在を認知していました。

自衛隊《じえいたい》上がりで、現在は大手の警備会社で働いているとのことでしたが、私が受けた第一印象では、自衛隊員や警備員というよりはむしろ研究者や技術者というほうがしっくりきました。それくらい彼の話し方は理性的でした。患者の女性と心中を遂げた不届きな医師のことを、和泉君はしかし憎んではいませんでした。むしろ、娘の病を治そうとして命を落とした勇敢な医師として、甘露寺教授のことを称《たた》えてさえいたのです。

彼がそんなふうに冷静でいられることが、私には不思議でなりませんでした。もし甘露寺教授と心中していたのが彼の娘ではなく私の孫だったら、私は彼のように立派に振る舞えただろうか？　いいえ、おそらくは不可能だったでしょう。

〈虫〉の根絶のために自分に何かできることがあればお手伝いしたい、と和泉君は私に申し出ました。初め、私はそれを丁重にお断りしました。気持ちはありがたいのだが、あなたのような門外漢に何を手伝えるというのか、というのが正直なところでした。

しかし彼は食い下がりました。お願いです、どうか手伝わせてください、と懇願してきました。その目には、一種異様な光が見て取れました。それで私は察しました。おそらくこの和泉という男は、娘の死に何か意味を持たせたいのではないか。娘の死が彼という人間を動かす契機となり、それによってほかの患者が救われる――という物語を求めているのではないか。そんな物語が、今の彼をぎりぎりのところで支えているのではないか、と。

私は彼に深く同情し、あらためてその申し出について検討してみました。そして、彼に任せるべき仕事がひとつあることに思い当たったのです。

ひじりが治療に消極的であり、生の意志が希薄であるということを話してみると、彼はその話に飛びつきました。

『私に任せてください』と彼は胸を叩きました。『必ずや、お孫さんの心を開いてみせます』

このようにして、和泉君は、ひじりの生の意志を取り戻すべく奔走し始めたのです。そしてほどなく、彼はあなたを捜し当てました。それはまったくの偶然でした。和泉君が捜していたのは、あくまでひじりと親密な関係を築けそうな人物であり、まさか〈虫〉の感染者をもう一人見つけられるとは思ってもみなかったのです。

何はともあれ、結果的に、ひじりはあなたと惹かれ合い、閉ざしかけていた心を開きました。私が同情心から和泉君の申し出を受けていなかったら、ひじりは今も一人でじっと心の闇を抱え込んでいたことでしょう。情けは人のためにならず、とはこういうことを言うのでしょうね」

＊

話はそれでお終《しま》いだった。瓜実は喉元を押さえて軽く咳払いをした。喋り疲れたのだろう。

高坂は、先ほど読んだメールのやりとりと瓜実の話を頭の中で整理してみた。自分の体内に——そして佐薙の体内に——潜んでいるという〈虫〉について判明していることは、大雑把にいうと以下の三つ。

①〈虫〉は宿主を孤立させる。

②〈虫〉の宿主は惹かれ合う。

③なんらかの条件が揃うと、〈虫〉の宿主は自殺する。

「つまり」高坂は口を開いた。「僕がここに呼び出されたのは、僕と佐薙が甘露寺教授たちと同じような運命を辿る前に、〈虫〉を殺すためですか？」

「そういうことです」

「ということは」高坂は少し考え込んでから訊いた。「僕と佐薙は、これから引き離されるんですね?」

「その通りです。あなたたちを引き合わせたのはほかでもない私たちですが、事情が変わりました。和泉君があなたをひじりの友人役に抜擢《ばってき》したのは、あの子が心を開き、生の意志を取り戻すきっかけになればと思ったからです。現に、その見立ては正しかったわけですが……しかし、それが〈虫〉の仕業だったとなると、話は変わってきます。申し訳ありませんが、これ以上あなたをひじりと一緒にいさせるわけにはいきません。万が一、ということも考えられますので」

瓜実の言う〝万が一〟について、高坂は試しに想像してみた。佐薙と自分が心中するという即席のイメージは、意外にも、彼の心に驚くほどしっくりと馴染んだ。なるほど、確かに今の自分たちならそういうことをしてもおかしくはない、と高坂は他人事のように思った。もし佐薙に誘われたら高坂はそれを断れないだろうし、高坂が誘ったら佐薙はそれを断れないだろう。理由なんて「生きづらいから」の一言で事足りる。

今はまだ思いついていなかったというだけで、高坂がその発想に至るのは、時間の問題だったのかもしれない。もしかすると、明日にでも高坂は心中というアイディアに自力で辿りついて、それを佐薙に提案していたかもしれないのだ。そう考えるとぞっとした。

腕組みをして黙考している高坂に、瓜実は言った。

「すぐに返事をしてくれとは言いません。いきなりこんな突拍子《とっぴょうし》もない話をされて、まだ心の整理もついていないでしょう？」

高坂は肯いた。

「五日後、また迎えを送ります。その日までに、治療を受けるかどうか決めておいてください。治療法自体は容易ですから、これといった準備は必要なく、あなたの返答次第で今すぐにでも始められます」

甘露寺教授のメールに、開頭手術の必要はなく、薬物治療のみで十分だと書いてあったことを高坂は思い出した。

「もちろん、私としては、あなたが〈虫〉の誘惑を振り切って治療に応じることを望んでいます。しかし、無理強いはしません。身内でもない限り、治る気のない患者を無理に治療しようとは思いませんので」

五日後、と高坂は心のうちで繰り返した。それまでに決断を下さなければならない。

「それと、念のためにつけ加えておきますが」と瓜実は言った。「もし治療を拒否すれば、あなたは二度とひじりと会えなくなります。あの子が治療を受け入れるかどうかはまだわかりませんが、いずれにせよ、〈虫〉によって一度惹かれ合った感染者同士を一緒にしておくのは危険すぎますからね」

「ええ」と高坂は言った。「それに、潔癖症や〈人間ぎらい〉も治らない」

「その通りです。そして、あなたが治療を受けることになったとしても、〈虫〉が両者の体内から完全にいなくなったとわかるまでは、やはりあなたをひじりに近づけるわけにはいきません。それはわかっていただけるでしょう？」

「……ええ」

それから瓜実は、ふと思い出したようにデスクの抽斗を開け、一枚の写真を取り出して高坂に渡した。写真には、ロールシャッハテストに使われるインクの染みのような何かが写っていた。これまでの話の流れから、高坂にはその不鮮明な被写体の予想がついた。

「〈虫〉の写真ですか？」

瓜実は肯いた。「こうして写真で見せられれば、少しは実感が湧くでしょう？　そこに写っているのは、二匹の〈虫〉が結合した姿です。甘露寺教授のメールにもありましたが、どうやらこの寄生虫には、ヒトの体内で他の個体と出会うと互いの雄性生殖器官と雌性生殖器官を結合させてY字状に癒着する性質があるようです」

高坂はあらためて写真に目をやった。薄赤色に染色された〈虫〉の姿は、Y字というよりは、幼い子供の描いたハートマークのように見えた。

高坂が待合室に戻ると、奥のソファに並んで座っていた和泉と佐薙が顔を上げた。高坂は佐薙に笑いかけてみたが、彼女は目を逸らして顔を伏せた。
「話は済んだみたいだな」と和泉が言った。「家まで送ろう」
じゃあな、ひじりちゃん、と和泉は佐薙のほうを向いて言った。どうやら佐薙はここに残るらしい。おそらくここは医院併用住宅なのだろう。彼女はこの診療所に住んでいるのだ。

別れる前に、何か彼女を安心させるようなことを言ってやろうと、高坂は佐薙の前で立ち止まった。しかし、どんな風に声をかければいいのかわからなかった。

いや、本当はわかっていたのだ。「あんな話を聞いたくらいじゃ君への想いは変わらない、だから心配しないでくれ」とでも言ってやればいい。簡単なことだ。

しかし、高坂にはそれができなかった。今や、彼は自分の気持ちに以前ほどの確信を持てなくなっていた。

考えてみれば、最初から何もかも不自然な話だったんだ、と高坂は思う。なぜ佐薙は僕のようなろくでもない男に惹かれたのか？　なぜ僕は佐薙のような取っつきにくい女の子に惹かれたのか？　なぜ二人でいるときは互いの強迫性障害が緩和されたのか？　なぜ一回り近く年の離れた二人のあいだに恋が芽生えたのか？　不可解な点があまりに多い。

だが、それらすべてが〈虫〉のもたらした錯覚《さっかく》だったとすれば、合点《がてん》がいく。僕と佐薙が愛し合っていたのではない。僕の中にいる〈虫〉と、佐薙の中にいる〈虫〉が愛し合っていただけなのだ。

巧妙な詐欺《さぎ》に遭った気分だった。つい数時間前まで感じていた多幸感の揺り戻しのように、高坂の気持ちは急激に醒めていった。

結局、高坂は佐薙に一言も声をかけずに診療所をあとにした。帰りの車内で高坂はずっと放心状態のまま窓の外を眺めていたが、マンションが近づいてきた頃になって、「あの」と和泉に話しかけた。

「ひとつ、〈虫〉について聞きそびれていたことがあったんですが……」

「なんだ？」和泉は前方に顔を向けたまま言った。「俺に答えられる範囲でなら答えてやるよ」

「〈虫〉の感染経路は判明しているんですか？」

和泉は首を振った。「不明だ。だがおそらくは経口感染が主だろうと瓜実さんは踏んでる。大方、〈虫〉の付着した食物を運悪く口にしたんだろうな。あんた、心当たりがあるのか？」

「いえ、残念ながら」

「だろうな。……ほかに質問は？」

「〈虫〉は、ヒトからヒトに伝染しますか？」

「伝染《うつ》る」返事は早かった。和泉はその質問を予期していたようだった。「〈虫〉の成体は中枢神経に寄生するが、虫卵や幼体は血流に乗って体中を移動しているからな。……だが、ただ一緒に生活しているくらいじゃ伝染らない。でなきゃ、〈虫〉はわざわざ宿主同士を恋に陥らせるような面倒なことはしないさ。俺の言っている意味、わかるだろう？」

「ええ」と高坂は言った。「要するに、性感染症みたいなものなんでしょう？」

和泉はにやりと笑った。「身も蓋《ふた》もない言い方をすれば、そういうことだ。だから、あんたの〈虫〉は、佐薙ひじりから伝染ったものじゃない。それはずっと前からあんたの体内に潜んでいたんだ」

「わかってますよ。別に、佐薙を疑っているわけじゃありません。ちょっと気になっただけです」

和泉の答えを聞いて、ようやく謎が解けた。十二月二十日。あの日、佐薙は眠っていた高坂にキスをしようとしていた。しかし直前で思い留まり、そして言った。「私、もう少しで、取り返しのつかないことをするところだった」

あのとき佐薙は、高坂に〈虫〉を伝染そうと企《たくら》んでいたのだろう。当時はまだ、高坂が〈虫〉の宿主であることには誰一人気づいていなかった。そして佐薙は、〈虫〉の宿主同士が強固な愛で結ばれることを知っていた。

佐薙は、高坂に〈虫〉を伝染すことで、二人の関係を完全なものにしようと画策していたのだ。だがそれを実行に移す寸前、正気に戻った。自分が高坂の命を危険に晒そうとしていたことを自覚して合わせる顔がなくなり、逃げた。

それが真相だろう。

高坂をマンションの前で車から降ろしたあと、和泉は言った。

「五日後の午後、迎えにいく。それまでに心の整理をしておけよ」

「多分、そんなに時間はかからないと思います」

「難しく考える必要はない。誰にでもあることさ。アルコールと孤独と薄暗闇が目を曇らせて、運命の恋を錯覚させちまうんだ。そして翌朝、酔いから醒めた二人は、自分たちが犯した過ちに気づく。あんたの身に起きたのは、つまりはそれと同じことだ」

それだけ言うと、和泉は去っていった。

高坂はすぐにはマンションには入らず、入口の前で足を止め、辺りに立ち並ぶ住宅やマンションの窓から漏れる明かりをぼんやりと眺めていた。それぞれの窓の向こうでまったく異なる生活が営まれていることを思うと、奇妙な感じがした。そんな風に他人の人生を意識したのは久しぶりだった。


それからまったく出し抜けに、高坂は母の死を想った。

ひょっとしたら、あのとき〈虫〉に感染していたのは、僕だけではなかったのかもしれない。

母の自殺は、〈虫〉に起因していたのかもしれない。

自殺までの一か月間、母は人が変わったように優しくなり、彼に愛情深く接してくれた。そのことが、今までずっと腑に落ちなかった。彼の知る母は、たとえ世界がひっくり返っても自分の非を認めるような人間ではなかったのだ。

しかし、それも〈虫〉のせいだったとすれば納得がいく。〈虫〉によって〈人間ぎらい〉にされた母にとって、心を開くことができる相手は、同じように〈虫〉の感染者である高坂だけだったのだ。母の体内の〈虫〉が、彼の体内の〈虫〉と呼応していたのだ。

不思議と、晴れ晴れとした気分だった。これでやっと心置きなく母を憎むことができる、と高坂は思った。彼女は最後の最後まで、自分の意思では高坂を愛さなかった。その事実が、彼の心のわだかまりを解いたのだった。

第7章　疳の虫

最初の二日間を、高坂はいつも通りに過ごした。いつも通りというのは、佐薙と出会う以前のいつも通りという意味だ。ベッドに寝転んで本を読み、それに飽きるとコンピュータを弄り、空腹を感じると最低限の食事をとった。下手に考え込むより、落ち着いてものを考えられる精神状態を取り戻すのが先決だ。そのためには、頭を空っぽにしてゆったりと過ごすのが一番だろうと思った。

まともに考えれば、治療に応じない手はなかった。わけのわからないまま〈虫〉に操られて自殺するなんてまっぴらだ。そして何より、〈虫〉を駆除することで、長年彼を悩ませてきた潔癖症が治るかもしれないのだ。

しかし、抵抗もあった。それは巨大な変化を前にしたときに誰もが経験する、原始的な恐怖だった。これまで彼の人生は、潔癖症と孤独感を中心にして成り立っていた。良くも悪くも、彼はそういう人生に慣れきってしまっていた。その二本の柱が取り払われるということは、すなわち人生をまた一から組み立て直さなければならないということだ。だが十代ならまだしも二十代後半となった今、人生を一から組み立て直すなどということが現実に可能なのだろうか？

　そうした懸念を抜きにすれば、彼は基本的には〈虫〉の治療に前向きだった。理屈としては九割、感情としても六割程度までは納得していた。


　三日目に、和泉から連絡があった。「あんたに会わせたい人がいる」とメールには書かれていた。指定された喫茶店に高坂が出向くと、若い男が彼を迎えた。男の顔には幼さが残っており、まだ大学を出て間もないように見えた。だが彼こそは、甘露寺のメールの中でたびたび登場していた〈虫〉の第一感染者、Yさんこと長谷川祐二その人だった。

　高坂はそこで、長谷川夫妻の馴れ初めを聞かされた。二十以上も年の離れた二人が、いかにして出会い、いかにして惹かれ合い、いかにして結ばれたのか。そしてその愛情が、いかにして薄れていったのか。

　二人の馴れ初めは、高坂と佐薙の馴れ初めとそっくりだった。聞けば聞くほど、彼らとの共通点の多さに高坂は驚かされた。思いがけず出会った正反対の性格の二人が、互いの心の病に気づいたことがきっかけで、次第に惹かれ合っていく。人間ぎらいの二人は、この世界にたった一人、例外的に信頼できる人物がいることを知る。二人は年の差を乗り越えて結ばれる……

「でもそれは、恋患いに過ぎなかったんです」長谷川祐二は遠い目をして言った。「瓜実さんに処方してもらった虫下しを飲み始めてから、妻への気持ちは瞬く間に冷めていきました。自分が彼女のどこに惹かれて結婚を決心したのか、今ではもう思い出せません。それは向こうも同じみたいです。離婚も、時間の問題でしょうね」

高坂はそこに自分の未来を見た。〈虫〉がいなくなるにつれて冷めていく二人の関係。いや、本来の状態に戻っていくといったほうが適切かもしれない。その感情は、〈虫〉によって一時的に加熱されていただけなのだから。

僕たちの恋も、所詮は〈恋患い〉に過ぎなかったのだろう、と高坂は思った。それから彼は、初めて佐薙と出会った日のことを思い返した。あの日、駅前で見かけたストリートパフォーマー。彼が操っていた二体のマリオネットが演じていた、一連の茶番劇。人形は、自分たちが恋をしているのではなく、人形師によって恋をさせられていることを自覚しているのだろうか？　そんなこと、僕には知るべくもない。だがいずれにせよ、僕たちの恋はあの操り人形の恋となんら変わりない。目に見える糸がついているかどうかの些細な違いだ。

長谷川祐二の話が終わる頃には、高坂の意思は固まっていた。治療を受けよう、と彼は決意した。それによって佐薙との恋が終わるとしても、一向に構わない。このまま〈虫〉を放置して佐薙との関係を継続させたところで、真実を知ってしまった今、以前のように純粋な気持ちで彼女と接することはできないだろう。ある意味では、瓜実の話を聞いた時点で、二人の関係は終わってしまっていたのだ。

高坂は長谷川祐二に礼を言って店を出た。帰宅してコートをハンガーにかけたとき、そこに佐薙からもらったマフラーがあることに気がついた。

一瞬、それを処分してしまおうかという考えが彼の頭をよぎった。こんなものがあったら、いつまでも佐薙への未練を断ち切れないかもしれない。

しかし、すぐに思い直した。あまり極端な行動に出るべきではない。禁煙にせよ禁酒にせよ、無理に何かを嫌いになろうとすると、かえってその魅力を高めてしまう結果に終わりがちだ。佐薙のことは、時間をかけてゆっくりと忘れていくべきだろう。焦る必要はない。

高坂はマフラーをクローゼットの奥にしまい込んだ。浴室にいって一時間かけてシャワーを浴び、清潔な服に着替えてベッドに潜り込んだ。目を閉じると、ここ一か月のあいだに起きた出来事が次々と瞼《まぶた》の裏に浮かんでは消えていった。ひとつひとつが、かけがえのない思い出だった。惑わされるな、これは全部〈虫〉がやっていることなんだ、と彼は自分に言い聞かせた。依存薬物の離脱症状みたいなものだ。じっと耐えていれば、そのうち消えてなくなる。

*

そうして、四日目が訪れた。

明日の午後には和泉が迎えに来て、治療が始まる。そうなったら、佐薙と会うことは二度とないだろう。二人の〈虫〉が完全にいなくなれば再会が許されるそうだが、その頃には多分、二人は互いへの関心を失っているだろう。それぞれの人生を歩み出しているはずだ。

最後に一度、佐薙と会っておこうと高坂は思った。このままなんとなく離ればなれになったら、彼女の存在はいつまでも僕の記憶に影を落とし続けるだろう。きちんとした手順を踏んで別れる必要がある。思うに、別れ際の「さよなら」が意味するのは、「あなたは私を忘れてください。私はあなたを忘れます」ということなのだ。

僕は彼女にさよならを言わなければならない。

高坂はデスクの上のスマートフォンを手に取った。電話で呼び出すべきかメールで呼び出すべきか悩んでいると、手の中でスマートフォンが振動した。

佐薙からのメールを知らせる通知だった。どうやら彼女も、高坂と同じことを同じタイミングで考えていたようだ。

簡潔な文章だった。「そっちにいってもいい？」

高坂は「いいよ」と三文字だけ入力して返信した。

すると数秒後、彼の部屋のインターフォンが鳴った。まさかと思いつつドアを開けると、そこには佐薙が立っていた。メールを送信した時点で、既にドアの前まで来ていたのだろう。

彼女は学生服の上に紺《こん》のピーコートを着ていた。いつもの無骨なヘッドフォンはかけていなかった。そういう平凡な格好をしていると、佐薙はどこにも問題なんてない普通の女の子のように見えた。高坂と視線が合うと、彼女は反射的に目を逸らしたが、それからまたゆっくりと彼の顔に視線を戻して、軽く頭を下げた。佐薙らしくない、しおらしい態度だった。

たかが三日ぶりだというのに、顔を合わせるのはずいぶん久しぶりのことのように思えた。佐薙の姿を見た途端、高坂の決意は早くも揺らいだ。いくら割り切ったつもりでいても、実物を前にするとその魅力に抗《あらが》うのは難しい。

今すぐ彼女を抱き締めたいという、強い誘惑に駆られた。だが彼はそれを懸命に堪えた。

高坂は気を落ち着けるために、自分の頭の中で〈虫〉が恋愛感情に関連する神経伝達物質やらホルモンやらをすさまじい勢いで放出している様子をイメージした。もちろん実際はもう少し複雑なことが起きているのだろうが、肝要なのは正確なイメージを思い浮かべることではなく、「操られている」という自覚を持つことだ。

今日の佐薙はベッドには向かわなかった。コートも靴も脱がず、玄関に立ったまま、部屋に入ろうとさえしなかった。自分にはもうこの部屋の敷居を跨《また》ぐ権利はないとでも思っているのかもしれない。

高坂のほうから切り出した。「話って？」

「高坂さんは、〈虫〉を殺すの？」掠れた声で、佐薙は訊いた。

「多分、そういうことになると思う」

彼女はその返事に喜ぶわけでも悲しむわけでもなく、無感動に「そっか」とだけ言った。

「佐薙もそうするんだろう？」

しかし、佐薙はその問いには答えなかった。

代わりに、こう返した。

「最後に、高坂さんに見せたいものがあるの」

それだけ言うと、彼女は高坂に背を向けて玄関を出た。ついてこい、ということだろう。高坂は慌ててコートと財布を摑み、彼女のあとを追った。

電車を何本か乗り継いで目的地に向かった。どこへ向かっているのかと訊ねても、佐薙は「秘密」と言って教えてくれなかった。JRから私鉄に乗り換えると、窓から覗く景色はどんどん単調になっていった。真っ白な雪の降り積もる山間の線路を、列車は淡々と走り続けた。駅の間隔は次第に広がっていき、乗客の数は減っていった。

高坂は窓の外を眺めながら考えた。佐薙は、「最後に、高坂さんに見せたいものがあるの」と言った。〝見せたいもの〟の正体が気になるのはもちろんだが、それよりも気になるのは、〝最後〟の意味だ。それは、治療が始まればしばらく会えなくなるという意味の一時的な〝最後〟なのか、それとも、彼女には治療を受ける気がないので高坂と会うことは二度とないだろうという意味の恒久的な〝最後〟なのか……。

次の到着駅を知らせる車内放送が聞こえた。間もなく列車が止まり、隣に座っていた佐薙が腰を上げた。二人はそこで列車を降り、無人駅を抜けて外に出た。

視界一杯に、山と畑が広がっていた。それ以外に見るべきものは何もなかった。民家が三軒確認できたが、どの家屋もひどく傷んでおり、人が住んでいるのか疑わしい。何もかもが雪に覆われていて、道路のセンターラインすら不鮮明になっている。空には厚い雲が垂れ込め、地吹雪《じふぶき》が視界を霧のように覆い、夜とは違った性質の暗さが辺りに満ちていた。まるでモノクロ写真のような風景だ、と高坂は思った。こんな世界の果てみたいな場所で、佐薙は僕に何を見せるつもりなのだろう？

吹きすさぶ風が、電車の暖房で温まった体をあっという間に冷やした。直接風に晒されている顔や耳がひりひりと痛む。気温が氷点下なのは間違いない。高坂はコートの前ボタンを首元まで締めた。ふと時間を確認しようとしてスマートフォンを取り出すと、電波強度の表示が圏外になっていた。それほどの僻地《へきち》ということだ。

佐薙は迷いのない足取りで、一軒の民家に向かって歩き始めた。雪のせいで距離感が麻痺していて最初はわからなかったが、民家まではそこそこ距離があった。移動中、佐薙は何度か振り返って高坂がついてきていることを確認した。しかし並んで歩こうとはしなかった。高坂が追いつきそうになると、歩調を早めておよそ三メートルの距離を保った。

十分ほど歩いて、ようやく民家に到着した。それは非の打ちどころがないくらい完壁な廃屋だった。木造家屋の二階建てで、外壁には色褪《いろあ》せた選挙ポスターやホーロー看板が節操なく貼りつけられている。窓ガラスは無残に割れており、屋根は雪の重みで歪んで今にも崩落しそうだった。

佐薙は高坂を連れて廃屋の裏手に回った。そこには水色のコンテナがあった。長さ三・五メートル、幅二・五メートル、高さ二メートルくらいの貨物用コンテナだ。家の持ち主が物置代わりに使っていたのだろう。赤錆《あかさび》があちこちに浮いていたものの、こちらは家屋と違ってまだ物置としての機能を十分に残していた。

佐薙はまっすぐそのコンテナに向かっていった。どうやらその中に、彼女の言う「見せたいもの」があるらしい。

ここまで来ても、高坂にはその正体がまったく想像できなかった。糸口のようなものさえ掴めなかった。こんな辺鄙《へんぴ》な土地にぽつんと立っている廃墟《はいきょ》の物置に、一体何があるというのか。まさか耕耘機《こううんき》や発電機を見せたいというわけではないだろう。

佐薙は無言でコンテナに入っていった。高坂もそれに続いた。内部は全面が板張りになっていたが、それでも錆びた鉄の臭いがした。がらくたが散らばっているのではないかと思っていたが、コンテナの中はほとんど空っぽだった。何も載っていないスチールラックが、両脇の壁に据えられているだけだった。

高坂は困惑した。この空っぽのコンテナが、佐薙の〝見せたいもの〟なのか？　訊ねようとして振り返ったのと、扉が閉じたのは、ほぼ同時だった。一瞬で視界が闇に包まれた。直後、がちゃりという不吉な音がした。駆け寄って扉を押してみたが、固く閉ざされてぴくりとも動かなかった。

どうやら、外から鍵《かぎ》をかけられたようだった。

高坂は初め、佐薙が外に出て扉を閉めたのだと思った。しかし、隣から小さな笑い声が聞こえることにふと気づいた。彼女は高坂と一緒にコンテナの中に閉じ込められていた。つまり、外にもう一人、鍵をかけた人物がいたということだ。そんな気配はまったく感じなかったのだが。

「さて」佐薙は小さく咳払いをした。「これで、私たちはここから出られなくなった」

「……これは、佐薙の仕業なのか？」佐薙がいると思われる辺りの暗闇に向かって、高坂は訊いた。「見せたいものがあるっていうのは、嘘だったのか？」

「ごめんね。でも、安心して。別にここで高坂さんと無理心中しようってわけじゃないから」取り乱す高坂を嘲笑《あざわら》うように、佐薙は言った。「私は交渉がしたいだけ。提示する条件を呑んでくれたら、すぐにでもここから出してあげる」

「条件？」

「簡単なことだよ」

徐々に、暗闇に目が慣れてきた。天井付近の通気口から差し込む微弱な光が、ぼんやりとコンテナの中を照らしていた。

佐薙はその条件を告げた。

「〈虫〉を殺さないで。治療を拒否するって、約束して」


よくよく考えてみれば、それは容易に想像できた展開だった。未遂に終わったとはいえ、彼女には既に一度、高坂に〈虫〉を伝染そうとした前科がある。佐薙は〈虫〉を憎むよりは、積極的にそれを利用しようという発想をする少女なのだ。

「なあ、佐薙」高坂は慎重に語りかけた。「どうしてそこまで〈虫〉に執着する？　瓜実さんも言っていただろう。このまま〈虫〉を放っておいたら、命を失うかもしれないんだ」

佐薙は首を振った。「まだ決まったわけじゃないよ。偶然に偶然が重なっただけかもしれない。現に、第一感染者である長谷川祐二さんたちは未だにぴんぴんしてるでしょ？」

「でも、少なくとも、〈虫〉が宿主を〈人間ぎらい〉にするのは確かだ。このままじゃ、僕たちはいつまでたってもこの世界に馴染めない。佐薙はそれでいいのか？」

「いいよ」迷いなく佐薙は答えた。「そもそも私、〈虫〉に寄生される前から〈人間ぎらい〉だったもん。友達はたくさんいたけど、内心ではいつも、死ぬほどうんざりしてた。誰一人として好きになれなかった。そのくせ、皆にどう思われているか気になってしようがなかった。遅かれ早かれ、私はこうなる宿命だったんだと思う。〈虫〉がいなくなったところで、根本的な問題は解決しないんだよ」

「そうかもしれない。でも、表面的な問題を解決するだけでも、今よりはずっと生きやすくなるはずだ」

「変わらないよ」

高坂は嘆息した。「そんなに、〈虫〉が大切なのか？」

「大切だよ。私、高坂さんと過ごす時間が、本当に好きだったから」

佐薙のまっすぐな言葉に、高坂の心は激しく揺らいだ。

彼は半ば自分に言い聞かせるように反論した。

「僕だってそうさ。佐薙と過ごした時間は、掛け値なしに素晴《すば》らしいものだった。でも、それだって、〈虫〉がもたらした錯覚に過ぎない。僕たちが自分の意志で愛し合っていたんじゃなく、僕たちの中の〈虫〉が愛し合っていただけなんだ」

「だから？　錯覚だからなんなの？」佐薙の声が上擦った。「紛いものの恋の何が悪いの？　幸せでいられるなら、私は傀儡《かいらい》のままで一向に構わない。〈虫〉は、私にはできなかったことをやってみせたの。私に、人を好きになることを教えてくれたの。どうしてその恩人を殺さないといけないの？　私は操り糸の存在を知った上で、それにあえて身を任せているんだよ。これが自分の意志でなくてなんだっていうの？」

高坂は返事に窮《きゅう》した。佐薙の反論は、高坂の心の隅にあったもやもやを的確に言い表したものだったからだ。操り人形でいることを操り人形自身が肯定したとき、それを自由意志による決断と呼べるか？　そんなことは誰にもわからない。

脳科学の実験に、こんなものがある。実験者は、被験者に「好きなほうの手の指を動かせ」と指示する。その際、左右の脳半球のどちらかの運動野に磁気刺激を与える。するとと被験者は、磁気刺激の与えられた脳半球の反対側の指を動かしてしまう。だが彼らには磁気刺激によって操作されているという自覚はなく、自分の意志で動かす指を決定したと思い込んでいる。

この実験結果は、人間の自由意志がいかに頼りないものかを示しているように見える。捉えようによっては、決定論の正しさを部分的に証明しているとさえ言える。しかし、ある科学者は指摘する――磁気刺激が引き起こしたのは、意図自体ではなく単なる選好や欲求であり、被験者はそれを考慮に入れて決定しただけではないか。磁気刺激は選択肢を絞っただけで、最終的な決定は本人によって行われているのではないか。

佐薙の選択にも、同じことが言える。それは〈虫〉に影響されての決定とも言えるし、「〈虫〉の影響を受け入れた」という形の自己決定とも言える。彼女が言っているのは、つまるところそういうことだ。

手詰まりだった。この先いくら議論をしても、決着はつかないだろう。彼女は一歩も引かないだろうし、それは高坂としても同じことだ。

こうなったら、あとは意地の張り合いだな。そう彼は思った。どちらが先にこの寒さに音を上げるか。我慢比べだ。

コンテナ内部をあらためて見回す。壁には結露を防ぐための通気口が数か所あり、そこから漏れる明かりがコンテナ内部の闇を不完全なものにしていた。ひとまず窒息《ちっそく》の危険はなさそうだ、と安堵する。

高坂はその場に座り込んだ。床は板張りだが、氷の上に直接座っていると錯覚するくらい冷たかった。赤錆だらけのコンテナは潔癖症の高坂にとって苦痛な空間ではあったが、吹雪のもたらす冷気がその不快感をある程度打ち消してくれていた。これだけ寒ければ、黴菌《ばいきん》の活動も穏やかだろう。

高坂の意図を察したのか、佐薙もそれ以上無駄口を叩くことはせず、彼の隣に腰を下ろした。

それほど時間はかからないだろう、と高坂は踏んでいた。コンテナ内部は屋外とほとんど変わらないくらい寒く、自然の冷凍コンテナみたいになっていた。この我慢比べの決着は、早々につくに違いない。そして一般的に言って、女性は男性よりも寒さに弱い。先に音を上げるのは彼女のほうだろう。

コンテナの鍵を外から閉めたのは、おそらく和泉だ。佐薙の悪巧みに協力してくれる人物など、ほかに思い当たらない。佐薙を亡き娘と重ねている和泉なら、佐薙の意志よりも生命を優先するはずだ。万が一、佐薙がとち狂って計画を交渉から無理心中に切り替えたとしても、彼がそれを妨害してくれるだろう。

そのように、高坂は楽観的に考えていた。彼にとって誤算だったのは、その日がたまたま記録的な厳寒だったことだ。この寒さが原因で、二人の衰弱は加速する。また道路凍結による交通事故が原因で、二人のいる廃墟に繋がる唯一の道路が封鎖され、ちょうどガソリンの補給に行っていた和泉が戻って来られなくなる。

最初の数時間は、とにかく寒さで頭が一杯だった。ひりついた冷気と、うっすらと濡れた床が体温をじわじわと奪っていった。高坂は何度も手足を擦り合わせたり軽い体操をしたりして、少しでも体が冷えるのを遅らせようとした。

だがある段階を越えると、寒さそのものは問題ではなくなった。それは徐々に、寒さとは別の、痛みにも似た根源的な不快感に変わっていった。危険な徴候だった。次第に、体が痺《しび》れて思うように動かなくなってきた。心臓が奇妙なリズムで波打ち、手足が自分のものとは思えないほど冷たくなった。

高坂は長時間、沈黙を守っていた。この手の我慢比べでは、先に口を開いたほうが不利になると彼は考えていた。それは弱気になっていることを自白するようなものだ。佐薙が黙っているのも、同じ理由からだと思っていた。実際、最初の数時間はその通りだったのだろう。平気なところを見せようとして、涼しい顔をしていたのだ。

佐薙の呼吸が妙に浅くなっていることに気づいたのは、コンテナに閉じ込められてからおよそ四時間が経過した頃だった。

高坂は、不安になって呼びかけた。

「佐薙？」

返事はなかった。「大丈夫か？」と肩をつつくと、佐薙の手が緩慢な動きでそれを振り払った。

彼女の手に触れたとき、高坂はぞっとした。その手が、同じ人間のものとは思えないほど冷たかったからだ。

　高坂は佐薙の手を両手で握って温めた。もっとも彼の手も佐薙ほどではないにせよ冷たくなっていたから、その行為にはほとんど意味がなかった。

「……なあ佐薙、そろそろ諦めないか？」

「いやだ」

　辛うじて聞き取れるくらいの小声で、佐薙は答えた。

　高坂は深い溜め息をついた。

「わかった。僕の負けだ。治療は受けない。〈虫〉は殺さない。だから早くここから出よう。このまま いくと、取り返しがつかなくなる」

　すると、佐薙はくすくすと笑い声を立てた。どこか捨て鉢な感じのする笑い方だった。

「意外と時間がかかったね。私、高坂さんがこんなに粘るとは思ってなかったよ」

「いいから、早く外に出よう。どうすればこの扉は開くんだ？」

　佐薙はしばらく黙り込んでいた。

　そして言った。

「……あのね、当初の予定なら、今から一時間前には和泉さんがここに戻ってきて、私たちを外に出しているはずなの」

高坂は目を瞬かせた。「どういうこと？」

「彼の身に、何かあったんだろうね。事故に巻き込まれでもしたのかもしれない。そして和泉さんがいないことには、このドアは開かない。参ったなあ」

「それは、つまり……下手をすれば、僕たちはいつまでもここから出られないということ？」

佐薙は肯定も否定もしなかった。あり得ない話ではない、ということだ。

高坂は膝に手をついて立ち上がり、反対側の壁から助走をつけて扉を蹴りつけた。何十回とそれを繰り返したが、コンテナの扉はびくともしなかった。彼は疲れきって壁にもたれ、そのまま崩れ落ちるように座り込んだ。一縷《いちる》の望みをかけてスマートフォンを取り出してみたが、やはり圏外のままだった。

そのとき、どさっという音がした。一瞬の後、それが佐薙が床に倒れた音だと理解した。高坂は闇の中を手探りし、横たわっている佐薙の体を抱え起こした。そして彼女の意識を確かめるように呼びかけた。「佐薙。おい、佐薙」

「大丈夫。ちょっとふらっとしただけ」

意識が朦朧《もうろう》としているのだろう。佐薙の体の震えは収まっていたが、それは事態の悪化を意味していた。肉体が熱を作るのを諦め始めたのだ。このまま眠りについたら、低体温症による死は免れない。

高坂が佐薙を抱き寄せると、彼女は「ごめんね」と彼の耳元で囁いた。その吐息からは、まだかすかに温かみが感じられた。

と、何かが床に落ちてこつんと音を立てた。それは通気口から漏れる月明かりを反射して、ぼんやりと光った。オイルライターだった。佐薙が煙草を吸うときに使っていたものが、コートのポケットに入っていたようだ。

衣服の一部を燃やして暖を取ることも考えたが、壁や床は木の板であり、また通気口がどれだけきちんと機能しているかもわからない状況では、あまり大きな炎を出すわけにはいかなかった。高坂はライターに火をつけて、床の真ん中に立てた。オレンジ色の灯りがコンテナの中を照らし、壁に佐薙と高坂の大きな影ができた。小さな炎だったが、それでもあるのとないのとでは大違いだった。

それから高坂は、佐薙をもう一度しっかりと抱き寄せた。こうやって体温の低下を遅らせながら和泉を待ち続ける以外に、手立てはなさそうだった。

高坂の顔のすぐそばで、佐薙は浅い不規則な呼吸を続けていた。その息遣いを聞き続けていると、高坂は自分が彼女への好意を失いつつあることを忘れそうになった。彼の体内の〈虫〉は、宿主同士が抱き合っているという状況に歓喜しているようだった。その喜びは高坂にも伝わってきて、一時的に寒さを忘れさせた。

　確かに、この幸福感を失うのは惜しい。高坂もそれは認めざるを得なかった。しかしそれこそが〈虫〉の戦略なのだ。今誘惑に負けてしまえば、〈虫〉の思う壺《つぼ》だ。ここが踏ん張りどころなのだ。

　高坂が一人葛藤《かっとう》していると、腕の中で佐薙が囁いた。「ねえ、高坂さん」

「どうした？」

「さっきの話、信じていいの？　〈虫〉を殺さないって本当？」

「いや。嘘だよ」と高坂は正直に答えた。今となっては彼女を騙す理由もない。「佐薙を騙して外に出るための方便だった」

「……やっぱり。高坂さんの嘘つき」

「悪かった」

「謝っても駄目。許さない」

　直後、それまで糸の切れた人形のように脱力していた佐薙の体に力が漲《みなぎ》った。彼女は高坂の肩を摑み、床に押し倒した。完全な不意打ちで、高坂は初め何が起きているのかもわからなかった。理解が及ぶより早く、佐薙の唇が高坂の唇に押しつけられた。どちらかの体に当たってライターが倒れ、濡れた床に触れて火が消えた。だから、唇を離したあとで彼女がどんな顔をしていたのか、高坂にはわからない。

やっとのことで佐薙を引き剝がした高坂は、息を整えながらライターの火を再点火し、それから彼女を睨《にら》みつけた。

「これで、私たちの〈虫〉は、有性生殖の段階に移行したかもしれないね」佐薙は勝ち誇《ほこ》った顔で言った。「そしたら、〈虫〉はどんどん繁殖していって、高坂さんをより強い力でコントロールできるようになるかも」そして強がるように笑ってみせた。

「……無駄だよ。その前に駆虫薬を飲む」

「駄目。薬なんて飲ませない。私が邪魔《じゃま》するから」

そう言うと、佐薙は再び高坂に覆い被さろうとした。だが先ほどの揉《も》み合《あ》いのせいで、彼女の体力は既に限界を迎えていた。佐薙は高坂の手前で倒れ込み、そのまま動かなくなった。高坂は慌てて彼女を抱え起こしたが、目は虚《うつ》ろで、呼吸は今にも途絶えてしまいそうだった。抱き締めると、人形を抱いているみたいに体温が感じられなかった。

馬鹿な女の子だ、と高坂は唇を嚙《か》み締《し》めた。

彼は一刻も早く和泉が戻ってくるように祈った。だが和泉が現れたのは、それから約二時間後のことだった。その頃にはもう、高坂も佐薙も意識を失っていた。コンテナの扉を開けた和泉が目にしたのは、寄り添うようにして床に横たわっている二人の姿だった。

*

二人は瓜実の診療所に運ばれ、数日間入院することになった。高坂は翌日には自力で歩けるくらいに回復したが、佐薙がそれくらいに回復するまでは五日を要した。

入院二日目に、和泉が高坂の病室を訪れ、彼の命を危険に晒したことを詫びた。吹雪が原因で、バスを含めた三台が絡む交通事故が山道で起き、二人のもとに戻るのが大幅に遅れたのだという。情報の行き違いで、和泉は佐薙がコンテナから自力で脱出する手段を確保していると思い込んでいたそうだ。最初からそうと知っていれば警察や消防に連絡するなりして助けを向かわせていたのだが、と和泉は悔いるように言った。別に気にしていない、と高坂は言った。結局は僕も佐薙もこうして生きていることだし、今さら誰かを責めたってしょうがない。

「あなたは、佐薙を完全に諦めさせたかったんでしょう？」と高坂は言った。

「まあ、そういうことだ」和泉は小さく肯いた。「無理に引き離したら、かえって未練が残るだろう？　それで、本人が納得するまで抵抗させてやろうと思ったんだ」

「僕が佐薙に説得されてしまっていたら、どうするつもりだったんですか？」

「さあな。その可能性は想定していなかった。あんたを信用してたよ」

　和泉はそう言っておどけてみせた。

　後日、高坂はコンテナの中で起きたことを瓜実に語った。すると彼は難しい表情でしばらく黙り込んだ。

「治療が難しくなった、ということでしょうか？」と高坂は訊いた。

「いや、その心配はないだろう。ただ……」瓜実は瞼をきつく閉じ、数秒してゆっくりと開いた。「あの子が、そこまで思い詰めていたとはな」

　それから瓜実は、〈虫〉の治療の過程を説明した。一か月ほど駆虫薬を連用したあと半月ほど休薬期間を置く、というサイクルを何度か繰り返していくらしい。おそらく三か月から半年ほどで〈虫〉は体内から消え去るだろう、と彼は言っていた。佐薙も同様の治療を受けることになるという。

退院の日が来た。診療所を出る前に、佐薙と別れの言葉を交わす機会が高坂に与えられた。

彼は佐薙の病室のドアをノックし、五秒待ってからドアを開けた。彼女は薄青色の病衣を着て、ベッドで分厚い本を読んでいた。頭にかけているのはいつか高坂が彼女にあげたヘッドフォンだった。

高坂が現れたことに気づくと、佐薙は本を閉じ、ヘッドフォンを外して、寂しげな目で彼をじっと見つめた。別れの挨拶をしに来たことを察しているようだった。

「今日づけで、退院することになったよ」高坂は佐薙から目を逸らしたまま言った。「多分、しばらく佐薙とは会えなくなると思う」

もっとも、治療が済んだあとで彼女と会うことは多分ないだろう、と高坂は思う。だから多分、これが最後の別れになる。

佐薙もそのことは、重々承知しているようだった。

返事をせず、うつむいて黙り込んでいた。

やがて、佐薙は静かに泣き始めた。

しっとりと肌を濡らす霧雨《きりさめ》のような、とても抑制された泣き方だった。

高坂は佐薙の頭に手を置いて、優しく撫でた。

「治療が済んだら、もう一度佐薙に会いに来るよ」高坂は気休めの嘘をつくことを自分に許した。「体内の〈虫〉が死に絶えて、それでもまだ僕たちが互いを好きなままでいられるようだったら——そのときは、あらためて恋人になろう」

佐薙は手のひらで涙を拭って顔を上げた。「……本当？」

「うん、約束する」

高坂は肯いて微笑みかけた。

佐薙は両腕を高坂に向けて差し出し、ベッドから身を乗り出した。高坂は佐薙の細い体軀《たいく》を抱き締めて言った。

「大丈夫。きっと僕たちは、〈虫〉なしでもやっていける」

「……約束だよ？」

佐薙は涙に滲んだ声で言った。

そのようにして、二人は別れた。病室をあとにして診療所を出ると、久しぶりの青空が広がっていた。辺りに積もった雪に反射した眩《まばゆ》い陽光が目をちくちくと刺し、高坂は思わず目を細めた。外気はきりりと冷えていて、目が覚めるようだった。

保健室の日々は終わった、と彼は思った。そろそろ夢から覚めてもよい頃合いだ。ゆっくりでいい。少しずつでいいから、この虫食いだらけの世界に体を馴染ませていかなければならない。

第8章　寄生虫なき病

町を覆っていた雪が徐々に溶け、泥に汚れた残雪のかたわらで蕗《ふき》の薹《とう》が顔を出し、新たな季節の到来を告げていた。辺りは春の陽気に包まれ、住宅街には甘い花の香りが漂い出す。人々は分厚いコートを脱いでジャケット一枚になり、久方ぶりの解放感を味わっていた。

この町の桜は、四月の末に咲く。年によってはゴールデンウィークにやっと見頃を迎えるほどだ。ゆえに町民にとって、桜は出会いや別れの象徴ではない。一通りの環境の変化を経験し終えて一息ついたところでふと現れて未来を暗示するような、そんな花だ。

三連休の初日だった。住宅街を貫く長い坂道を、高坂はぶらぶらと歩いていた。町は至るところで工事が行われていた。建築工事をしているところもあれば、解体工事をしているところもあった。道路の補修工事をやっているところもあれば、架線工事をやっているところもあった。まるで町全体が生まれ変わろうとしているみたいだ、と高坂は思った。

「高坂さんの引っ越しって、いつになるんでしたっけ？」と隣を歩いている女の子が訊いた。

「来週」と高坂は答えた。

「急ですね。どうしてこんな中途半端な時期に？」

「よく考えると、今の場所だと通勤に少し不便だからね。もっと近い場所に越すことにした」

職場の同僚から紹介された子で、名を松尾《まつお》といった。年は高坂よりもふたつ下。常に下がっている眉尻《まゆじり》から暗い印象を受けるが、よく見ると整った目鼻立ちをしていて、笑うと顔全体が一気に華やかになる、そんな女の子だった。学生時代からアルバイトをしていた塾に正社員として採用され、そのまま講師を続けているという。

彼女と出かけるのは、今日で三度目だった。知り合ってからまだ一か月とたっていないが、松尾は初対面の時点から高坂に好意を示していた。高坂のほうも、彼女と一緒にいると自然と肩の力を抜くことができた。

話してみると、二人にはびっくりするくらいたくさんの共通点があった。たとえば潔癖症。ほんの二年前まで彼女は、毎日百回は手を洗い、五回は着替えをし、三時間はシャワーを浴びていた。根気よく続けた治療のおかげで現在は人並みの生活を送れているが、ひどい時期には家から出ることもままならなかったという。高坂が消毒液や空気清浄機といった潔癖症グッズについて軽く話題を振ってみると、松尾は目を輝かせてそれらについて語った。

読書や音楽の趣味、仕事との距離感、社会問題への関心の薄さ。実に様々な点で、高坂と松尾は意見が一致した。二人が親しくなるのは当然の成り行きだった。

二人は最近観た映画の話をしながら当て所なく歩き続けた。川沿いの緑道に入ると、話題は釣《つ》りに移った。松尾は、父に連れられてよく海釣りに行っていた頃の思い出を語った。

「そうそう。それで一度、食中毒にあったんです」と松尾は思い出したように言った。「八歳くらいのときでしたかね。釣ってきたアイナメを家で刺身にして、家族で食べたんですよ。とてもおいしかったんですけど、深夜になって、突然ものすごい腹痛に襲われたんです。本当に死ぬかと思いました。しかもあたったのは私だけで、父も母も妹もけろりとしていました。ひどい話です」

「ああ、アニサキス症だろう?」高坂は苦笑いしながら言った。「あれは大の大人でも悶《もだ》えるらしいから、子供にとっては地獄だったろうね」

「あれ、よくご存じですね」松尾は感心したように両手を叩いた。「そう、あの憎きアニサキスの仕業だったんです。高坂さんも、釣り、されるんですか？」

「いや。釣り堀に行ったことすらない」

「じゃあ、生魚をよく食べるとか？」

「知り合いに、そういうのに詳しい子がいたんだ。その子の受け売りだよ」

「そうなんですか」松尾は肯き、それから探りを入れるように訊いた。「知り合いって？

お友達ですか？」

「いや。友達というのとは、少し違うかな」

「じゃあなんです？　彼女さんですか」

「五か月ほど前に、子守りのアルバイトをしていたんだ。その子から聞いたんだよ」

「子守り……」松尾はますます訝しげな顔をした。「高坂さん、子供とかめちゃくちゃ
苦手そうに見えますけど」

「うん。でも、引き受けなければならない事情があったんだ」

「なるほど」松尾は曖昧《あいまい》に肯いた。「それにしても、アニサキスについて教えてくれる
子供っていうのも、中々めずらしいんじゃありませんか？」

「そうだね」と高坂は言った。「僕もまだ、一人しか出会ったことがない」

＊

駆虫薬を服用し始めてから四か月足らずのあいだに、高坂は、ほとんど生まれ変わったといってもよいくらいの変化を経験した。

まず、潔癖症が治った。高坂賢吾という人間にあれほどがっしりと根を下ろしていた病は、投薬開始から一か月で嘘のように消え去ってしまった。実に、あっさりとしたものだった。腹痛や口内炎と同じだ。治る前はそのことで頭が一杯だったのに、いざ消えてしまうと、それがどんなものだったのかさえ思い出せなくなる。

気がつくと、タオルを数日間使い回したり、外から帰宅してそのままの格好でベッドに入ったりするくらいは平気になっていた。他人と肩が触れ合ったくらいではなんとも思わなくなったし、電車の吊革《つりかわ》も必要とあれば摑むことができるようになった。

ボトルネックだった潔癖症が治ってしまうと、あとはとんとん拍子だった。次の仕事はすんなりと決まった。社会復帰に向けてのリハビリがてら求人情報サイトに目を通していると、まるで何かの偶然のように好条件の求人が目に飛び込んできた。ウェブ制作会社によるウェブプログラマの募集だったのだが、応募資格に並んでいるプログラム言語が彼の得意分野と見事に合致していた。高坂はその求人に応募して、自作のコードを提出し、あとは流れに任せた。まったく期待していなかったのだが、翌月には、彼はその会社の正社員になっていた。誰かに担がれているのではないかと不安になるくらい、順調にことは進んだ。

働き始めて気づいたが、空白期間に様々なマルウェアを作っていたおかげで、高坂のプログラミングスキルは知らぬ間に大幅に向上していた。具体的な知識が増えたというよりは、プログラミングに必要な思考の枠組みとでもいったものが確立されたようだった。彼はその職場で重宝された。決して楽な仕事ではなかったが、確固とした自分の居場所ができたことは、彼にとって大きな喜びとなった。

高坂は少しずつ生きる自信を取り戻し、年相応の余裕を身に付けていった。周りの人間は、高坂の諦観《ていかん》に起因する冷静さを豊かな人生経験に基づいた落ち着きと勘違いし、彼を優れた人間だと思い込んだ。度重なる転職は、能力への自負の証拠だと見なされた。すべての要素が、奇跡的にプラスに働いていた。入社から一か月も経つ頃には、仕事終わりに酒を酌《く》み交《か》わす仲間ができ、ともすると自分がつい数か月前まで完全な社会不適合者だったことを忘れそうになった。

それでもときどき、ふと途方もない虚無感に襲われることがあった。虚無は少女の形をしていた。デスクの前で微睡《まどろ》んでいるとき、かつて彼女と二人で歩いた道を歩いているとき、彼女のイメージに付随する物（ヘッドフォン、青いピアス、オイルライター）を目にしたとき。折に触れて、高坂は佐薙ひじりのことを思い出す羽目になった。

しかし、すべては終わったことだ。佐薙はとうに二人で過ごした日々を忘れて、彼女自身の本物の人生を歩み始めたのだ。

それは多分、祝福すべきことなのだろう。そう高坂は思う。

三月下旬、職場に完全に適応し、人間ぎらいが治ったのを確信した高坂は、〈虫〉の影響力から解き放たれたにもかかわらず、依然として佐薙を好きなままでいる自分を発見した。治療が始まったら真っ先に変化するだろうと思われたその部分だけが、彼の中で唯一変わらなかった。

高坂は深い混乱に陥った。僕と佐薙の恋は、〈虫〉によってもたらされた紛いもののはずではなかったのか？　なぜ潔癖症や人間ぎらいは治癒したのに〈恋患い〉だけが治らないのだろう？

ひょっとすると、僕はひどい思い違いをしていたのだろうか？　別れ際に佐薙を慰めるために言った気休めは、実は的を射ていたのかもしれない。〈虫〉に宿主同士を愛し合わせるような力があったのは事実だろう。しかし、僕と佐薙はそれを抜きにしても――すなわち〈虫〉がいなくても――初めから愛し合えるようにできていたのではないか？　僕はそうと知らずに、長谷川夫妻や甘露寺教授の話を聞いて疑心暗鬼に陥り、自分の気持ちが信じられなくなっていたというだけなのでは？

心臓が激しく脈打ち、彼を急き立てていた。高坂はほとんど無意識のうちに佐薙に電話をかけていた。呼び出し音が鳴る。彼はそれを数えた。一回、二回、三回、四回……十五回目で諦めて、電話を切った。

高坂は胸に手を当てて深呼吸し、胸の高鳴りを静《しず》めた。焦ることはない。いずれ、折り返しの電話があるだろう。

しかし、丸一日が過ぎても佐薙からの連絡はなかった。その後、高坂は合計で五回の電話をかけ三通のメールを送ったが、反応はゼロだった。

直接佐薙の家に出向くことも考えた。最後に瓜実診療所を訪れてから、一か月半が過ぎていた。薬は多めに渡されていたし、症状が再発する気配もないので、行く理由がなかったのだ。しかし、通院していた頃は考えもしなかったが、今診療所に行って「佐薙に会わせてほしい」と言えば、向こうにそれを断る理由はないのではないか？

高坂はその是非について検討した。だが一杯に膨《ふく》れあがった彼の気持ちは、ある段階を過ぎたところで、急激に萎《しぼ》み始めた。

よくよく考えてみれば、佐薙が返事をよこさない理由はひとつしかない。一回や二回ならまだしも、五回や六回も連絡をされて気づかないわけがない。これだけやっても一向に返事がないということは、彼女は意図的に高坂の連絡を無視しているということだ。

佐薙は僕のことを忘れたがっているのだろう。そう高坂は結論づけた。おそらく彼女も駆虫に成功し、〈虫〉の支配から逃れることができたのだ。そうして正常な思考を取り戻したとき、彼女の中には、高坂への愛情は一欠片《ひとかけら》も残っていなかった。皮肉な話だが、要するにそういうことなのだろう。

事実を受容できるようになるまで、そう時間はかからなかった。幸い、彼にはこなすべき仕事が目の前にいくらでもあった。佐薙について思い悩む代わりに、高坂はそれらの仕事に意識を集中させた。そうしているうちに松尾と知り合い、彼の心に空いた穴は代替物によって少しずつだが着実に満たされていった。

こういう生き方が一番真っ当で理に適《かな》っているんだ、と高坂は自分に言い聞かせる。佐薙と過ごした日々は、薄れゆく意識の中で見た夢、一種の走馬燈《そうまとう》のようなものだ。

確かにそれは、何にも増して美しい。しかし所詮は夢だ。そこにいつまでも留まっていようと思ったら、生きながらにして死ぬほかない。僕たちが追いかけるべきは、地に足のついた幸せ、生者のための幸せなのだ。

「高坂さん？」

呼ばれて我に返り、危うく右手に持っていたグラスを取り落としそうになった。僕は今何をしていたんだっけ、と高坂は頭を巡らせた。そう、思い出した。松尾と酒を飲んでいたのだ。二人で町を歩いて、なんとはなしに目についたアイリッシュパブに入ったのだった。酔いと疲れが重なって、眠りかけていたらしい。

「ああ、悪い。ぼうっとしてた」高坂は指で眉間を強く揉んだ。

「ずいぶん長いあいだ放心してましたね」松尾がおかしそうに笑った。「もうすぐ、お店閉まるみたいですよ。どうします？　もう一軒行っときます？」

高坂は腕時計に目をやり、少し考え込んだ。

「今日はこれくらいにしておこうかな。それとも松尾はまだ飲み足りない？」

「いえ」松尾は大袈裟に首を振った。「もう十分すぎるくらい酔っ払ってます」

「どうやらそうらしいね」うっすらと赤みの差した彼女の顔を見て、高坂は肯いた。

「ええ。高坂さんがちょっと格好よく見えるくらいには、酔ってますよ」

「重症だね。帰って寝たほうがいい」

「そうですね。そうしましょう」

松尾はそう言うと、目の前にあったグラスを手にとって中身を喉に流し込んだ。そして高坂と目を合わせ、小首を傾げておどけるように微笑んだ。だが高坂は、彼女の瞳の奥に、ごく僅かにではあるが失望の色が浮かんでいるのを見て取った。

僕の返事は彼女が求めていたのとは違ったものだったんだろうな、と彼は内心で思った。おそらく松尾は、二人の関係が次の段階に移行することを望んでいる。僕のような察しの悪い人間にもそれとわかるように、彼女はそのサインを発してくれているのだ。

わかっているなら、なぜそれに応えてやらない？

もしかすると、僕はまだ心のどこかで佐薙のことを引きずっているのだろうか？

松尾と別れたあと、高坂は駅に向かわず通りに引き返して別の店で飲み直した。なぜそんなことをしたのかは自分でもよくわからなかった。あの部屋に戻ったら、嫌でも佐薙がいた頃を思い出してしまうからかもしれない。ひょっとすると、松尾との関係の進展に二の足を踏んでいるのも、佐薙と過ごした部屋に部外者が足を踏み入れるのが許せないからなのかもしれない。

どうして自分が引っ越しを急いでいたのか、ようやく理解できた気がした。情けない話だ、と高坂は自嘲《じちょうてき》的に笑う。自分では真っ当な人間になれたつもりでいても、心の奥底では、未だ十七歳の少女に片思いを続けている。

＊

終電を逃したので、タクシーで帰った。財布から札を抜きとってろくに数えもせず運転手に差し出し、釣り銭を受け取る。車から住宅街に降り立つと、夜風に運ばれてきた春の花の濃密な香りが鼻腔をくすぐった。

ふらふらとした足取りでマンションの階段を上る。鍵を開けて自室に入ると、倒れ込むようにしてベッドに寝転んだ。春の夜の気温は申し分なく、マットレスは柔らかく、シーツはひんやりとしていた。彼はそのまま意識が薄れていくに任せた。

初め、それは耳鳴りのように聞こえた。だが何度も繰り返されるうちに、インターフォンの音だと気づいた。微睡んでいるうちに朝になったのかと思ったが、上体を起こして窓の外を見ると、まだ夜は明けていなかった。時計に目をやると、午前二時を回ったばかりだ。こんな非常識な時間に一体誰が……と疑問を抱きかけたところで、以前にも似たようなことがあったのを思い出した。

酔いと眠気が一気に冷めた。高坂は跳ね上がるようにして立ち上がり、玄関まで行ってドアを開けた。

彼の予感は正しかった。そこに立っていたのは和泉だった。くたびれたスーツのポケットに片手を突っ込み、もう片方の手で無精髭を擦っていた。いつもの薄汚れたコートは着ていなかった。

「よう。元気にしてたか」

「和泉さん？」高坂は唖然とした顔で言った。「一体なんの用ですか」

「上がっていってもいいか？　それとも、まだ潔癖症は治らないか？」

「いえ、中に入るのは別に構いませんが……」

和泉は革靴《かわぐつ》を脱ぎ捨て、部屋に上がった。

「コーヒーでも？」と高坂は訊いた。

「いや、結構だ」

和泉は室内を見回した。引っ越し直前ということで、部屋はひどく殺風景だった。白い段ボール箱が隅に積まれている以外は、最低限の調度品しかなかった。ワークチエアとデスク、空の本棚、コートハンガー、ベッド。和泉は少し考えてから、段ボール箱の上に浅く腰かけた。

　高坂は椅子に座り、訊いた。

「あなたがここに来たということは、多かれ少なかれ、〈虫〉に関係する何かが持ち上がっているということですよね？」

「正解だ」

　和泉は眉ひとつ動かさずに答えた。

「何か問題が生じたんでしょうか？」

「逆に訊ねたいんだが、あんた、なんともないのか？」と和泉は訊き返した。「ここ最近、何か妙な変化はなかったか？」

「いえ、これといって際だった変化はありません。この通り、順調に回復しています」

　高坂はふと腕時計をつけっ放しだったことに気づき、外してベッドの枕元に放り投げた。「おかげさまで、〈人間ぎらい〉も治りました。僕の中の〈虫〉は、一匹残らず死に絶えたみたいです」

「それは違う。あんたの〈虫〉は、まだ消えちゃいない」

　二人のあいだに沈黙が降りた。

「……何を言っているんですか？」高坂は引きつった笑みを浮かべた。「この通り、僕は潔癖症ではなくなりました。再就職に成功して、人間関係も円滑に運んでいます。どこにも〈虫〉の影響なんて残ってません」

和泉は首を振った。「あくまで小康状態にあるだけだ。どうしてかは知らないが、あんたの体内の〈虫〉には薬剤耐性があるらしい。調べてみたわけじゃないが、それ以外に考えられないんだ。今は一時的に弱って鳴りを潜めているが、薬を飲むのをやめてしばらくすれば、また元に戻るだろう」そしてふっと、顔を歪めて微笑んだ。「そしてそれは、とても幸運なことなんだ」

「幸運？」

「あんたの〈虫〉の生命力が飛び抜けて強かったことに感謝しろ、ってことさ」

和泉は何かを堪えるように深く息を吸い、それをゆっくり吐いた。

そして告げた。

「あんたを除けば、駆虫薬は〈虫〉の感染者たちに極めて有効に作用した。そして体内の〈虫〉が死に絶えたとき――宿主である彼らもまた、死を選んだんだ」

高坂の表情は強張ったまま固まった。その口からは、どんな言葉も出てこなかった。

和泉は続けた。

「甘露寺教授も瓜実先生も、〈虫〉が感染者を自殺させるという点では見解が一致していた。寄生している〈虫〉の数が一定数を超えた宿主は、人間社会で生きていくことに耐えられなくなって自ら死に身を委《ゆだ》ねるんじゃないか、というのが彼らの考えだった。まあ、妥当な推論だ。あの二人じゃなくたって、そう考えたことだろう。……しかし、そこには致命的な誤謬《ごびゅう》があったんだ。俺たちは『自殺』イコール『異常』であるということを前提にものを考えていた。そこが、落とし穴だった。

研究が進むにつれて、様々な事実が浮かび上がってきた。どうやらこの寄生虫、確かに終宿主は人間だが、人間なら誰にでも寄生できるというわけじゃないらしい。というかむしろ、ほとんどの人間には寄生できず、体内に侵入できたとしてもすぐに免疫で排除されちまうようだ。しかしごく稀にだが、あんたたちみたいに〈虫〉を排除するどころか手厚く保護する体質の持ち主がいる。まるで積極的に〈虫〉の寄生を受け入れているかのように、だ。

ここから先は、ちょいちょい俺の主観が入ってくるが――そもそも、〈虫〉には宿主を自殺させるような力なんてなかったのかもしれない。確かに〈虫〉は宿主を孤独にするが、それは宿主の死とは無関係だったのかもしれない。というのも、ひとつ、瓜実先生の調べによって明らかになった新事実があってな。それは、〈虫〉には宿主の負の感情を抑制する力があるってことだ。怒り、悲しみ、妬《ねた》み、憎しみ……宿主に生じたあらゆる負の感情は、〈虫〉によって弱められる。詳しい機序はわからないが、ある種の神経伝達物質の合成に必要な酵素を〈虫〉が選択的に摂食するせいかもしれないと瓜実先生は言っていた。もしこの推測が正しければ、〈虫〉は、宿主の苦悩を食物にしていたという風にも解釈できる。宿主を社会から孤絶させていたのは、苦悩を絶えず供給してもらうためだったんだろう。日常生活のストレス程度じゃ食い足りないってわけだ。

それで俺は、ふとこんな仮説を思いついた。もしかすると感染者たちは、〈虫〉に寄生される前から、もともと病める魂の持ち主──有り体に言ってしまえば強い自殺願望、もしくは希死念慮の持ち主だったんじゃないか？〈虫〉の宿主たり得るのは、放っておけばいつか自殺するような人々だったんじゃないか？

そう仮定すると、これまで抱えていた様々な疑問が一気に腑に落ちるんだ。並大抵の人間では、そもそも〈虫〉を生存せしめるだけの苦悩を供給できない。〈虫〉は放っておいても弱り果て、免疫機構の攻撃を受けて死滅する。一方、絶えず死に惹かれ、苦悩を持て余していた人々の体にとって、この〈虫〉は願ってもない益虫だったに違いない。人間に寄生するダニの中には余分な皮脂を食べて皮膚のバランスを保ってくれるやつがいるが、あれと似たようなもんだな。余分な苦悩を食べて精神のバランスを保ってくれるんだ。……そういうわけで、彼らは〈虫〉を排除せずに受け入れた。独力では処理しきれない苦悩を処理する器官として取り込んだんだ。宿主と〈虫〉は、相利共生関係にあったってわけさ。

さて、そんな〈虫〉が、薬によって駆除されてしまったらどうなるだろう？　それまで処理してもらっていた苦悩はたちまち行き場をなくし、宿主はそれを一手に引き受けることになる。〈虫〉に守られているうちにすっかりナイーヴになった彼らには、それに耐えるだけの力が残っていない。延命装置を失った彼らの死の欲動を押し止めるものは、もはや何もなくなる。

俺たちは感染者たちの自殺を、寄生虫の存在が原因だと思い込んでいた。しかし真実はそれと正反対だった。彼らの死は、寄生虫の、不、在、が原因だった。それが、俺の結論だ」

かつて、佐薙から聞いた話が、フラッシュバックのように脳裏に蘇った。

『……従って、免疫抑制機構を作動させることが免疫関連疾患の改善に繋がるんだけど、このレギュラトリーT細胞って、どうやら『宿主から容認されている寄生者』の存在によって引き出されているらしいんだ。翻って言えば、寄生者の不在、過度に清潔な状態が、現代人のアレルギーや自己免疫疾患の患者の増加を加速させているってことだね』

『それに、フタゴムシはパートナーを最後まで見捨てない。一度繋がったフタゴムシは、二度と互いを離さないの。無理に引き剝がすと、死んじゃうんだ』

そして神経囊虫症——中枢神経内の囊虫が死ぬことで初めて生じる病。

ヒントは、そこら中に転がっていたのだ。

僕たちは、寄生者によって生かされていて——そしてその手を一度たりとも離すべきではなかったのだ。

「佐薙は、」最初に出てきた言葉はそれだった。「佐薙はどうなったんですか？」

「あの子は、最初の犠牲者だった」と和泉は言った。「真っ先に〈虫〉の不在の影響を受けたのが、佐薙ひじりだった。ある朝、いつまでたっても孫が起きてこないのを不審に思った瓜実先生が部屋まで行ってみると、床に横たわって動かなくなっている彼女がそこにいた。大量の睡眠薬を、酒で流し込んだ形跡があった。およそ半月前のことだ」

世界が、足下から崩れ落ちていった。目の焦点がぼやけ、強い耳鳴りがした。

しかし、奈落《ならく》の底に落下しかけた高坂の意識を、和泉の次の言葉が引き戻した。

「だが安心しろ。佐薙ひじりはまだ死んでいない。彼女はしくじったんだ。いささか過剰にやりすぎた。死のうという意志が強すぎたのが、かえって裏目に出たんだろう。薬の量も酒の量も多すぎて、十分な効き目を得る前に吐いちまった。あるいはただ途中で怖くなって自分から吐いたのかもしれないが、どちらにせよ、彼女は一命を取り留めた。ただ――」

和泉はそこでしばらく言葉に詰まり、考え込むように窓の外に目をやった。つられて高坂もそちらに視線を向けたが、取り立てて見るべきものはなかった。暗闇があるばかりだ。

ややあって、和泉は口を開いた。

「診療所で最低限の処置を受けたあと、彼女は大病院に搬送された。ひとまず命に別状はないようで、俺と瓜実先生は一安心した。しかし、佐薙ひじりの自殺未遂は始まりに過ぎなかったんだ。言うなれば、彼女は炭鉱のカナリアだった」

高坂は先回りして言った。「他の患者――長谷川さんたちも、同様の行為に及んだということですね？」

「そういうことだ」和泉は肯いた。「佐薙ひじりの一件の翌週、長谷川祐二から電話がかかってきた。長谷川聡子が自殺した、とだけ言って彼は電話を切った。俺たちはもう、何がなんだかわからなかった。翌日、ひとまず詳しい話を伺おうと彼の家に出向いたが、一足遅かった。その頃にはもう、長谷川祐二も妻のあとを追っていたんだ。二人は寄り添うようにして息絶えていた。そして、俺たちが長谷川夫妻の自殺を目の当たりにしているあいだに、佐薙ひじりは病室から姿を消していた」

「姿を消した？」

「ああ。書き置きがあって、そこには『ありがとうございました』とだけあった。捜《そう》索願《さくねがい》を出して、俺個人でも連日捜し回ったが、ついに佐薙ひじりが見つかることはなかった。ひょっとしたらあんたのところに来ているんじゃないかと思ったんだが、どうやらその当ても外れたようだな。……一体、どこに行っちまったんだか」

それから和泉はじっと黙り込んだ。その表情には疲労の色が浮かんでいた。彼は後悔や無力感、その他諸々《もろもろ》の感情にすっかり打ちのめされてしまったようだった。

「俺は、もう疲れた」

深い溜め息と共に、和泉は言った。

「結局、俺たちのしていたことは何もかも見当違いだった。患者を救うどころか、積極的に死に追いやっていた。そのままにしておけばいいものを、わざわざ手を加えて台なしにしてしまっていたんだ。とんだお笑《わら》い種《ぐさ》さ。瓜実先生はすっかり気を落として、呆けたみたいになっちまった。孫より先にあの人が自殺しかねない勢いだよ」

ひとしきり笑ったあと、和泉は緩慢な動作で立ち上がった。

「勝手な話だが……今日をもって、俺は瓜実先生のもとを離れることにする。あんたと会うことも、二度とないだろう」

和泉は高坂に背を向けた。

その背中に、高坂は言った。

「和泉さん」

「なんだ？」和泉は振り返らずに言った。

「死なないでくださいよ」

「……あんたにそれを心配されちゃお終いだな」

くくく、と和泉は肩を震わせて笑った。

「じゃあな。〈虫〉と仲よくやれよ。好むと好まざるとにかかわらず、そいつはもう、あんたの体の大事な一部分なんだ」

そう言い残して、彼は去っていった。

自殺未遂。いくら電話やメールをしても佐薙が無反応だったのには、そういう事情があったのだ。高坂が電話をかけたとき、既に佐薙の体内の〈虫〉は死に絶え、彼女は迫り来る死の欲動と戦っていたのだろう。あるいは着々と自殺の準備を進めていたのかもしれない。いずれにせよ、頭の中は自殺のことで一杯で、ほかのことに気を向ける余裕はなかったに違いない。

佐薙が連絡を返さなかったのは、僕を嫌いになったからではなかったのだ――それが、彼女の無事を案じるよりも先に出てきた、率直な感想だった。不謹慎《ふきんしん》ではあるが、高坂は何より先にまずそれを喜んだ。

結局、今感じているこの喜びがすべてなんだ、と高坂は思った。僕は佐薙のことが好きだ。それ以上に確かなことなんてない。〈虫〉も年の差も関係ない。この感情が嘘だというのなら、僕は死ぬまでその嘘に騙され続けていたい。

ひとしきり喜びを噛み締めたあとで、高坂は、消えてしまった佐薙の行き先について考えた。佐薙が特別の思い入れを持つ対象は、ごく限られている。ゆえに選択肢は自然と絞られてくる。

もしかすると、佐薙は両親が心中したのと同じ場所で死ぬつもりなのかもしれない。

佐薙の両親は、自殺の名所として有名な山間の橋から飛び降りたと聞く。彼女もまた、同じ場所から飛び降りようしているとしても不思議はない。

これといった根拠はない。しかし、現時点でそれ以上に有力な手がかりがあるわけでもない。僕はそこに向かわなければならない、と高坂は強く思う。

電話でタクシーを呼んだ。十数分後に到着したタクシーに乗り込み、高坂は運転手に目的地を告げた。初老の運転手は肯きもせず無言で車を発進させた。

しかし二十分ばかり経ったところで、高坂は忘れ物をしたと言ってタクシーを引き返させた。正確に言うと、それは忘れ物ではなかった。ふと思いついたのだ。佐薙がクリスマスにくれたあの赤いマフラーを巻いていこう、と。

一刻を争う事態ではあるのだが、彼にはどうしてもそれが必要に感じられた。ある種の願掛けのようなものだ。あのマフラーこそが、二人を引き合わせる赤い糸の役割を果たしてくれる気がした。

結論から言えば、その予感は的中していた。

あるいは頭の中の〈虫〉が、それをこっそりと彼に教えてくれたのかもしれない。

マンションに戻ると高坂は階段を駆け上り、息を切らせながら自室のドアの前に辿り着いた。鍵を差し込んだところで、既にドアが開いていることに気づいた。出て行くときあまりに急いでいたので、施錠するのを忘れていたのだろう。
中に入ると、居室のドアの明かり窓から光が漏れているのが見えた。照明を消すのも忘れていたようだ。だがそんなことはどうでもよい。高坂は靴を脱ぐのももどかしく土足で部屋に上がり、キッチンを抜けて居室に入り、
そこですやすやと眠っている佐薙を見つけたのだった。

第9章　恋する寄生虫

コーヒーの香りで目を覚ました。柔らかい朝陽《あさひ》が窓から差し込んでいた。

高坂はベッドに横たわったままゆっくりと視線を巡らせた。テーブルの上にマグカップがふたつ並んで、ゆらゆらと湯気を立てているのが見えた。キッチンのほうから、バターを塗ったトーストやこんがりと焼けたベーコンの匂いが漂ってきた。

耳を澄ますと、朝の鳥の鳴き声に混じって、佐薙の掠れた口笛が聞こえた。

そんな朝だった。

二人は大きめの段ボール箱をふたつ並べてテーブル代わりにして朝食をとった。白い段ボール箱は、遠目に見ると白いペンキ塗りのテーブルのように見えなくもなかった。

二人のあいだに、会話はほとんどなかった。卓上ラジオは途切れ途切れの音楽を奏でていた。なんの曲かはわからなかったが、ピアノが鳴っているのは確かだ。ときおり断片的に懐かしげなメロディが聞こえたが、細部を聞き取ろうとして耳を傾けると、メロディは逃げるように小さくなっていった。

朝食を終えると、二人はシャワーを浴びて出かける支度をした。佐薙は寝間着以外には制服しか持ってきていなかったので、それに着替えた。高坂がクローゼットから無個性なシャツとチノパンツを取り出して着替えようとすると、佐薙が「ちょっと待って」と引き止めた。

「どうかした？」

「あのさ、初めて会ったとき、高坂さん、仕事もしていないのにスーツを着てたでしょう？　あれ、もう一回見たいな」

「いいけど、なぜ？」

「高坂さんのスーツ姿が好きだから。だめ？」

高坂は首を振った。「だめじゃないよ。今は一応勤め人だから、さほど後ろめたくもないしね。スーツ姿の僕と制服姿の佐薙が並んで歩いている姿が、傍目《はため》にどう映るのかは少し心配だけど」

「大丈夫だって。何か訊かれたら、兄妹で押し通せばいいんだよ」

それもそうか、と高坂はあっさり納得した。

着替えを終えると、二人はマンションを出て散歩に出かけた。のどかな、日曜にふさわしい穏やかな陽光が住宅街を照らしていた。桜が散り始めているらしく、道脇に桃色の花びらが積もっていた。空の色は、桜の淡い色に配慮したかのように控えめな水色をしている。その水色の中に、綿埃《わたぼこり》を思わせる小さな雲がぽつぽつと浮かんでいた。

二人は、どちらからともなく手を繋いで歩いた。

駅前の商店街の路地を抜けた先にある古書店に入り、そこでしばらく時間を潰した。店内は狭苦しく、古い本の黴《かび》っぽい臭いがした。

高坂はふと目についた風変わりな図鑑が気に入り、少し迷ってから購入した。世界中に存在するあらゆる図鑑の種類を網羅した、言わば「図鑑の図鑑」だった。

それから二人は街角のパン屋でサンドイッチを買い、それを食べながら歩いた。具沢山《だくさん》なサンドイッチで、一口齧《かじ》るごとにレタスやら玉ねぎやらがぼろぼろと落ちた。口の周りについたソースを指で拭き取る高坂を見て、佐薙はくすくすと笑った。

「こういうの、以前の高坂さんだったら考えられなかったね」

「そうだね。ものを食べながら歩けるようになったのも、古本に触れるようになったのも、ここ三か月くらいの話だ」手についたパン屑《くず》を払い落としながら高坂は言った。「でも、和泉さんが言うには、〈虫〉が元気になったら潔癖症は再発してしまうらしい。そうなったら、会社勤めを続けられるかどうかも怪しいな」

「そっか」佐薙は少し残念そうに言った。「じゃあ、今のうちに精一杯、不潔なことを楽しんでおかないとね」

高坂は苦笑いした。そして再び佐薙の手を取った。

＊

時は少し遡《さかのぼ》る。

昨夜、ベッドで眠っている佐薙を見つけたとき、高坂はまず、それを自分の作り出した幻覚ではないかと疑った。瞬きをした次の瞬間には、彼女の姿は消えてしまうに違いないと思った。

だから彼は、ずっと目を見開いたままでいた。少しでも長く、その幻影を目に焼きつけようとした。やがて瞳が乾いてひりひりと痛み涙が滲んできて、彼は思わず瞼を閉じてしまった。目を開いたとき、佐薙の幻は、しかしまだそこに残っていた。

高坂はもう一度目を閉じて瞼を十秒ほど揉み、再び目を開けた。

やはり、佐薙はそこにいた。

「佐薙」と彼は声に出して呼んでみた。

すると、佐薙の体がぴくりと動いた。ほどなく彼女はむくりと起き上がって、高坂と目を合わせた。そして彼から身を隠すように毛布を胸元に引き寄せ、照れくさそうに顔を伏せた。

高坂は衝撃のあまり一時的に感情が麻痺してしまい、驚くことも喜ぶこともできなかった。

「幽霊、ではないよね？」と彼は訊いた。

「さあね」と上目遣いに彼女は言った。「確かめてみたら？」

高坂はおそるおそる歩み寄り、手を伸ばして彼女の頰に触れた。そこには人肌の質感があり、温もりがあった。佐薙はさらに念を押すように、高坂の手の上に自分の右手を重ねてきた。そこにもやはり、人肌の感触があった。彼女は、確かに存在していた。

高坂は佐薙の背中に両腕を回して抱き寄せた。佐薙は無言でそれを受け入れた。「どうして……」感極まって、上手く言葉を組み立てることができなかった。「どうしてここに？　体は大丈夫なのか？　〈虫〉は死んだんじゃないのか？」

「そんな一度に訊かないでよ」佐薙は困ったように笑った。「ひとつずつ訊ねて」

高坂は佐薙からそっと体を離して訊ねた。「体は、大丈夫なのか？」

「ううん。実を言うと、まだあんまり体調はよくない」と佐薙は答えた。「でも、あのとき私が飲んだ薬の量を考えると、これくらいで済んでいるのは奇跡だね」

彼女は自分の胃の辺りをとんとんと指で叩いた。

「昏睡《こんすい》しているあいだに記憶が抜け落ちちゃって、自殺を決行したときのことはほとんど覚えてないんだ。ただ、自分の意思で薬を吐いたことだけは、うっすらと覚えてる。きっと、ぎりぎりのところで正気を取り戻したんだね。お医者さんの話だと、薬を吐き出すのがあとちょっと遅れていたら、手の施しようがなかったって」

「そうだったのか……」高坂は大きく息を吐いた。「それはそうと、病院を抜け出してから、今までどこでどうしてた？　そもそもなぜ姿を消してたんだ？」

「ちょっとやっておきたいことがあったから、うちの診療所に隠れてた。昔から、学校に行きたくないときはよくあそこに潜んでたからね、私だけしか知らない隠れ家があるの」そう言ってから佐薙は肩をすぼめた。「でもこういう話はあんまりしたくないな。もっと訊くべきことがあるんじゃない？」

「……〈虫〉はどうなったんだ？　薬で死に絶えたんじゃなかったのか？」

「うん。私の中にいた〈虫〉は、全部死んじゃったみたい」

「なら、なぜ――」

佐薙はふっと微笑んだ。

「今、私の中にいるのは、高坂さんの体内にいた〈虫〉なんだよ」

「僕の〈虫〉？」

「あの日、コンテナの中で、私、高坂さんに無理矢理キスしたでしょ？」佐薙は気恥ずかしそうに視線を逸らした。「あのとき、高坂さんの〈虫〉の一部が私の中に移動して、私の〈虫〉と交尾して耐性寄生虫を産んでいたんだよ。ぎりぎりのところで生き延びられたのは、そのおかげ。高坂さんの〈虫〉が、私の命を救ってくれたんだ」

高坂は目を閉じてじっと考えに耽り、嘆息して言った。

「結局、何もかも佐薙のほうが正しくて、僕が間違っていたんだな」

佐薙は首を振った。「仕方ないよ。私だって、何か根拠があって〈虫〉を大事にしていたわけじゃないもん。今回はたまたま、私の願望と事実が一致していたってだけ。高坂さんの判断は、妥当なものだったと思う。それに、高坂さんが私を拒絶したのは、私のためだったってこともわかってる」

「過大評価だよ。僕はそこまでできた人間じゃない」

高坂は力なく微笑んだあと、あらためて言った。

「戻ってきてくれて、ありがとう。本当に嬉しいよ」

「こちらこそ。戻る場所を残しておいてくれてありがとう」

佐薙は小さく首を傾けて口元を綻ばせた。

＊

公園の入口前に、青い自動車が停めてあった。自動車のボンネットやフロントガラスには桜の花びらがたっぷりと付着していて、視界がほとんど遮られてしまっていた。助手席側の窓から中を覗くと、運転席で男が気持ちよさそうに眠っていた。

高坂は辺りに視線を巡らせたが、桜の木は見当たらなかった。園内の木から風に乗ってここまで運ばれてきたのだろう。実際、風の強い日だった。にもかかわらず、ぼうっと歩いていると風の存在を忘れてしまいそうになった。多分、吹き方に変化がないせいだ。

水科公園に足を踏み入れてから数分、二人は桜の木々が両脇に立ち並ぶ道に入り、少し歩いたところで足を止めた。

壮観だった。

花びらが、一面に雪のように降り注いでいた。

風に煽《あお》られた梢《こずえ》が大きく上下に揺れ、次々と花びらが空に舞い上がり、午後の陽光に透けて白くきらめいていた。

二人はしばらくその光景に圧倒されていた。眼前の桜は、吹雪という喩《たと》えが大袈裟ではないくらいに激しく吹きつけている。そんな目まぐるしい光景に反して、園内は奇妙な静寂に包まれていた。ホワイトノイズのような風の音と、木々のざわめき。それだけだった。花見客はまばらで、あの目障りなブルーシートも見当たらない。近くにもっと大きな公園があるので、皆そちらに行ってしまったのだろう。

高坂は回想する。初めて二人が出会ったとき、この公園は雪に包まれていた。佐薙は池のほとりに立って、白鳥に餌をやっていた。あの頃、彼女は髪を金色に染めていて、短いスカートを穿き、煙草を吸っていた。

なんだかそれは、遠い昔の話のように思えた。あれからまだ半年も過ぎていないというのに。


歩き疲れると、二人は芝生《しばふ》の斜面に腰を下ろした。そして木陰《こかげ》で肩を寄せ合い、桜吹雪を眺め、風の音に耳を澄ました。

斜面を下りた先には池が見えた。水面は白い花びらにびっしりと覆われ、まるで結氷した池に雪が積もったかのようで、その上を歩いて渡れてしまいそうだった。

それから高坂は、池の中を一匹の白鳥が悠然と泳いでいることにふと気づいた。何度見直しても、それは鴨《かも》ではなく白鳥だった。群れから取り残されてしまったのだろうか？　しかし白鳥は特に心細そうな素振りも見せず、優雅に花筏《はないかだ》の中を泳ぎ回っていた。

その非現実的な光景は、子供が玩具を用いて作る無秩序な箱庭を想起させた。一貫性のない夢みたいな光景。

「ねえ、高坂さん」

高坂の肩に頭を載せたまま、佐薙が言った。

「私、高坂さんとここで初めて出会ったときから、こうなることがわかってたんだよ」

「本当に？」

「うん。……初めて私に声をかけてくれたときのこと、覚えてる？」

「よく覚えてるよ」感慨に耽るように高坂は目を細めた。「すごく無愛想な女の子だと思った」

「あれは仕方なかったんだよ。私、人見知りするから」

佐薙は口を尖らせ、それから少し首を曲げて上を向いた。

「あのとき、私たちが出会ったのは、このヤドリギの下だったの」

「ヤドリギ？」

高坂は視線を上げた。桜の枝の先端付近に、明らかに異質な植物が紛れ込んでいるのが見えた。冬に見たときは鳥の巣と区別がつかないほど寒々しい姿をしていたヤドリギは、今では立派に青々とした葉を茂らせていた。

佐薙は続けた。

「クリスマスシーズンにヤドリギの下で出会った男女は、キスをしなければならないの。知ってた？」

高坂は首を振った。多分、欧米にそういう風習があるのだろう。

「そして私は、最初にキスするなら好きな人と、って決めていたの。だから私が高坂さんを好きになるのは、必然だったんだよ」

「めちゃくちゃな理屈だな」高坂は苦笑いした。

「私も自分で何を言ってるのかよくわかんない」佐薙も肩を揺らして笑った。「とにかくね、私たちの恋は、寄生動物だけじゃなく、寄生植物にも支えられていたってことだよ。色んな寄生生物が、私たちの人生に深く密接に関わっているの。私が言いたいのは、多分そういうこと」

「まったく、寄生生物に頼らないと恋もできないんだから、これじゃあどっちが寄生者かわからないね」と言って佐薙はまた笑った。

しばらく沈黙が流れた。二人はそれぞれに、寄生者のもたらした幸福な偶然に思いを馳《は》せた。

ややあって、高坂が沈黙を破った。

「さっき、言ってたね。ヤドリギの下だと、キスをしなくちゃいけないって」

「うん。クリスマスシーズンの話だけどね」

「見なよ」高坂は人差し指を立て、それから正面に向けた。「白鳥もいる。吹雪も吹いてる。水面も凍ってる」

「本当だ」佐薙はくすくす笑った。「それじゃあ、仕方ないか」

佐薙は高坂に向き直り、そっと目を閉じた。

高坂はその唇の端に、短いキスをした。

「……なるほど」

やがて、佐薙は高坂の膝の上で眠りこけてしまった。疲れていたのだろう。もしかすると、彼女の〈虫〉はまだ回復の最中にあり、湧き上がってくる苦悩を完全には処理しきれていないのかもしれない。

高坂は佐薙の柔らかな髪をそっと手で梳《す》いた。隠れていた耳が光に晒され、青いピアスが光った。髪を黒く戻したあとでも、ピアスはつけっ放しにしていたようだ。思えば、薄着をしている彼女を見るのはこれが初めてだった。冬服を着ているときには気づかなかったが、間近で彼女の体を観察してみると、睡眠薬だけではない、様々な方法を試したらしい痕跡《こんせき》を確認することができた。ずっと昔の痕跡もあれば、つい最近の痕跡もあった。そのひとつひとつが、高坂を暗い気持ちにさせた。

彼女が悪い夢を見ていませんように、と高坂は祈った。

桜の花びらは相も変わらず園内に降り続けていた。木陰でじっとしていると、花びらが二人の上に少しずつ積もっていった。

そのうち日が僅かに傾いて、ぼやけた木漏れ日が二人を照らした。高坂は佐薙を起こさないようにそっと横になって目を閉じ、芝生や桜の匂いを含んだ豊潤な春の風を胸一杯に吸い込んだ。

こんな風に無邪気に自然と触れ合えるのは、今のうちだけだ。そう遠くないうちに潔癖症が再発し、再び部屋に籠もることになるだろう。そう思うと、少し気分が沈んだ。だが佐薙の隣にいるときに感じられるこの愛《いと》おしい気持ちが〈虫〉によってもたらされていることを考えると、彼はこの恋する寄生虫を憎む気にはなれなかった。

結局、僕たちが〈虫〉に頼らなくても愛し合えるかどうかは、うやむやになってしまった。でも今となっては、そんなことは大した問題ではないように思える。

だって、〈虫〉は僕たちの体の欠かせない一部分なのだ。それを切り離して何かを考えることなんてできない。僕という人間は、〈虫〉を含めた上で、初めて僕と呼べるのだ。

人は頭だけで恋をするわけではない。目で恋をしたり、耳で恋をしたり、指先で恋をしたりする。それならば、僕が〈虫〉で恋をしたって、何もおかしくはない。

誰にも、文句は言わせない。

＊

空が青灰色に濁り始めた頃に、二人は水科公園をあとにした。スーパーマーケットで食材を買ってマンションに帰り、今度は高坂がキッチンに立って簡単な料理を作った。少し遅めの昼食で、食後のコーヒーが済む頃には午後の四時を過ぎていた。

汗をかいていたので、交代でシャワーを浴びた。部屋着に着替えると二人でベッドに並んで腰かけ、古書店で買ってきた図鑑を眺めて過ごした。卓上の短波ラジオからは海外のニュース番組が流れていたが、音量を絞っていたので内容は聞き取れなかった。

カーテンの隙間から青白い光が差し込んでいた。明かりを点けていなかったので、部屋は森の奥みたいに薄暗かった。耳を澄ますと、ずっと遠くのほうから子供たちのはしゃぐ声が聞こえてきた。

図鑑を一通り読み終えて閉じたところで、佐薙が言った。

「何か足りないなあ、って思ってたんだ。でも、今その正体がわかった」

「なんの話？」

「消毒液の匂いがしないんだよ」

高坂は両目を瞬かせた。

「ああ、そうだろうね。最近は、そこまで神経質に掃除をしていなかったから」

「私の中では、あの匂いこそ高坂さんの部屋って感じなんだけどな」

「消毒液の匂いが恋しい？」

佐薙は肯いた。

そこで高坂は段ボール箱から消毒用スプレーを取り出し、数か月前までは毎日やっていたように、部屋中に消毒液を撒き散らした。佐薙はベッドに腰かけて、目の前で行われているのがクリスマスの飾りつけ作業でもあるかのように楽しげにそれを眺めていた。

やがて部屋がエタノールのつんとした匂いに満たされると、佐薙は満ち足りた顔でベッドに寝転んだ。

「うん、高坂さんの部屋だ」

「あらためて嗅ぐと、ひどい匂いだ」

「そう？　私はこの匂い、保健室みたいで好きだよ」

「病院みたいで嫌い、って人がほとんどだと思うけれど」

「でも、私は好きなの」

佐薙は枕を顎の下に挟み、瞼を閉じて深く息を吐いた。

「このまま、眠っちゃいそう」

「おいおい、さっき昼寝したばかりだろう？」

「そうなんだけどさ。少し、疲れてるみたい」

そう言ってから五分とせずに、彼女は眠りについた。

高坂は佐薙に毛布をかけ、少し迷ってから隣に潜り込んだ。そして彼女の寝姿を飽きることなく眺め続けた。それくらいの距離だと、彼女の長い睫毛の一本一本まで見分けることができた。

儚《はかな》げな寝顔だった。生まれてから一度として緊張を解いたことがないような、そんな寝顔だった。午後の薄暗がりの中で眠る彼女は、いつになく脆《もろ》く、傷つきやすそうに見えた。

明日の朝一番、引っ越し会社にキャンセルの連絡を入れよう、と高坂は思った。段ボール箱の梱包を解いて、佐薙と二人で部屋をもとの姿に戻そう。

この町に残ろう。

そうして、彼女と共に生きていこう。

五時を告げる放送が町に響く中、高坂はゆっくりと目を閉じた。

＊

佐薙が眠りから目覚めたとき、眼前には高坂の寝顔があった。彼女は驚いて反射的に跳ね起き、やや間を置いて状況を理解して、二、三度深呼吸してからもう一度横になった。胸の鼓動はしばらく収まりそうになかった。

日はほとんど落ちかけていた。子供たちの声は、もう聞こえなかった。温い風が窓から吹き込み、カーテンを揺らしていた。消毒液の匂いに混じって、ほんの一瞬、胸が詰まるような懐かしい匂いがした。彼女はしばらくその懐かしさに思いを巡らせていたが、正体を解き明かすより前に、匂いのほうを忘れてしまった。

まあいいか、と佐薙は小さくつぶやいた。わかったところでどうなるという話でもない。

彼女はそっと手を伸ばし、高坂の手に軽く指を絡ませた。

この感触をいつまでも覚えていよう、と佐薙は思う。

彼女に残された時間の少なさを考えると、それは難しいことではなかった。

淡い夕焼け空を眺めながら、佐薙は思う。

私の命は、愛する人とのキスによって救われた。

――それが本当だったら、どれだけよかったことだろう。

確かにあのとき、高坂さんの体内にいた〈虫〉の一部は私の体内に移動して、私の〈虫〉と有性生殖をした。彼の体内でも、同様のことが起きた。それは間違いない。

しかし、その結果新たに生まれた〈虫〉は、同じではなかった。耐性寄生虫が生まれたのは、高坂さんのほうだけだった。

多分、高坂さんの体内にいた〈虫〉は、初めから薬剤耐性を持っていたわけではなかったのだ。私の〈虫〉と彼の〈虫〉の遺伝子が混じり合った結果、奇跡的に、彼の体内で薬剤耐性を持った変異種が生まれた。その変異種が、彼の命を救ったのだ。

しかし私の体内では、同じ奇跡は起きなかった。薬剤耐性を持たない無防備な私の〈虫〉は、駆虫薬によってあっさりと全滅した。そうして私は、苦悩を処理する器官を失ってしまった。

今の私は抜《ぬ》け殻《がら》だ。既に半分死んでいる。首を切られたのにそのまま歩き続けている鶏《にわとり》みたいなものだ。死に両足を突っ込んで、ただ沈むのを待っている状態だ。

今日まで生きてこられたのは、最後にもう一度高坂さんに会いたいという執念のおかげだ。そしてその願いが叶《かな》ってしまった以上、おそらくもう数日と持つまい。私は〈幸福の絶頂で死を迎えたい〉という欲求に抗えず、自ら命を絶つだろう。

今から高坂さんの〈虫〉をわけてもらえば持ち直すという可能性もあるが、残念ながら私にその気はない。もう遺書も書いてしまった。

このまま、最後まで行くつもりだ。

ずっと、そうだった。生きるのが、恐ろしくて堪《たま》らないのだ。何かを持っていなければ、自分には一生それが手に入らないのではないかと恐ろしくなった。何かを持っていれば、いずれ自分はそれを失ってしまうのではないかと恐ろしくなった。

もっとも恐ろしいのは、一生誰も愛さず、また誰にも愛されないことだった。そんな人生を送るくらいだったら、さっさと死んでしまったほうがましだと思っていた。しかし、人を愛し愛されることを覚えた私は、今度はそれを失うことを何より恐れている。こんな恐怖に怯《おび》え続けるくらいだったら、さっさと死んでしまったほうがましだと思っている。

死への傾性。自己崩壊プログラム。結局、どう転んでも行き着く先は同じだった。幸福と不幸は表裏一体で、取りわけ私のような臆病者からすればほとんど同義だ。一切が、死に身を委ねる論拠となる。それが私という人間なのだ。

だったらせめて、コインが表を向いているうちにすべてを終わらせてしまいたい。時宜《じぎ》を得た死に勝るものは何もない。私はもう、悲しんだり喜んだりすることにほとほと疲れ果ててしまった。

そんなわけで、私は近いうちにこの生命に終止符を打つだろう。そうすれば、私という人間の歴史は、そこで幕を閉じる。二度と上書きされることはない。これ以上はない、完璧な勝ち逃げだ。

そこで佐薙は思い出す。初めて出会った日。初めて触れてもらえた日。初めてキスした日。初めて抱き締めてもらった日。

高坂さんを残していくことだけが、心残りだ。彼には、本当に悪いと思う。私がこれからすることは、彼に対する裏切りだ。謝っても謝りきれない。許してもらおうという気もない。彼がそのことで私を憎んだとしたら、私は彼の怒りを甘んじて受け入れなければならないだろう。それが当然の報いというものだ。

——でも、できることなら、高坂さんにはこう考えてもらいたい。

そもそも私たち二人は、出会う前に死んでいたはずだったのだ。病める魂に導かれるままに、自ら命を絶っていたはずだったのだ。それが〈虫〉の力によって一時的に延命され、愛し合う機会を与えられ、しかも片方は奇跡的にそのまま生き残ることができた。

そんな風に捉えれば、この結末が最善とまではいかないにしても、決して最悪ではないと思えるだろう。

〈虫〉がいなければ、私たちは出会うことさえなかったのだ。

それに、悲しいことばかりではない。なぜなら、私の死によって証明できる事柄が、ひとつあるからだ。私の死によってしか証明できない事柄が、ひとつあるからだ。

宿主の死は、〈虫〉の影響からの解放によって引き起こされる。そして〈虫〉というキューピッドの仲立ちによって成立していた二人の恋は、どちらか一方の〈虫〉の影響が失われただけで破綻するはずなのだ。ゆえに、死の直前まで私が高坂さんを想い、また高坂さんが私を想ってくれていたということは、私たちの愛は〈虫〉の影響を取り去っても成立したということになる。

私たちは、〈虫〉なんかに頼らなくても、愛し合うことができた。

それは、私が〈虫〉を失わなければ、絶対に証明できなかったことなのだ。


佐薙は絡めていた指を解き、高坂の頰をそっと撫でた。

数秒して、高坂がゆっくりと目を開いた。

「ごめん、起こしちゃった？」

「いや」高坂は首を振った。そして何かに気づいたように目を見開いた。「……佐薙、泣いてたの？」

指摘されて初めて、佐薙は自分が泣いていたことに気づいた。慌てて手の甲で拭ったが、涙は次から次へと流れ出し、いつまでも止まる気配がなかった。

「おかしいな」小さくしゃくり上げながら、佐薙は無理に微笑んでみせた。「泣くつもりじゃなかったんだけど……」

「悲しいの？」

「いや、そういうわけじゃないの。むしろ、嬉しくてしょうがないくらい」

「そっか。安心した」高坂は目を細めた。「じゃあ、きっとそれは正しい涙なんだ」

あいかわらず変な慰め方をする人だよなあ、と佐薙はおかしくなって笑った。

「……ねえ、高坂さん。いいことを教えてあげようか」

「いいこと？」高坂は少しだけ目を見開いた。

「そう、いいこと」佐薙は肯いた。そしてとっておきの笑みを浮かべて言った。「あのね、私、高坂さんが好き」

「うん。知ってるよ」

「そうじゃなくて、本当に好きなの」

「ふうん」高坂はしばらく考え込んだあと、ふっと噴き出した。「なんだかよくわからないけれど、嬉しいね」

「でしょ？」

二人は笑い合った。そう遠くないうちに、高坂さんは私の発言の真意に気づくだろうな、と佐薙は思う。ただしその頃には何もかもが手遅れになっているだろうが。

それから彼女はふと自分の涙が枕に染みを作っていることに気づき、しまったという顔をした。

「ごめん。このままだと、枕、汚しちゃうね」

佐薙が体を起こそうとすると、高坂の腕がそれを阻んだ。

「じゃあ、こうすればいい」

そう言うなり、高坂は佐薙を胸に抱き寄せた。

彼のシャツの胸元に、佐薙の涙が染み込んでいった。

「好きなだけ泣くといいよ。多分、君は今まで、自分のために泣かなすぎたんだ」

「……うん。そうする」

佐薙は彼の腕の中で泣き続けた。これまでの分も、そしてこれからの分も。


やがて、佐薙は泣き疲れ、高坂の腕の中で眠ってしまった。

深い、とてつもなく深い眠りだった。

こんなに穏やかで満ち足りた睡眠は、生まれて初めてだった。

夢の中で、彼女は白鳥になっている。陽光に煌《きら》めく春の池を、白鳥は一羽寂しく泳いでいる。翼に傷を負ったために、仲間から置き去りにされてしまったのだ。自分はこれからどうなってしまうんだろう、と白鳥は不安で堪らない。自分を置いていった仲間たちを恨《うら》めしく思い、同時に懐かしくも思う。そして大事な翼を痛めてしまった自分の不注意を呪う。

だが桜の花びらの降り注ぐ池を泳いでいるうちに、だんだんと、色んなことがどうでもよくなってくる。まあ、最後にこんな美しい光景を独り占めできたんだからよしとするか、と白鳥は思う。

あとがき

客観的に見ればありきたりな出来事でも、本人にとっては世界を変える大事件だったりするものです。そう——たとえば、昔ある女性からこんな話を聞きました。彼女の人生における最良の思い出は、小学生の頃、合唱コンクールのピアノ伴奏者に選ばれたことなのだそうです。ここだけ聞くと、なんだか馬鹿げた話に聞こえるかもしれません。いや、最後まで聞いても馬鹿げた話だと思う人もいるかもしれません。どんな感想を抱くかは個人の勝手というものです。

当時の彼女はひどく引っ込み思案で友達がおらず、伴奏者の役目は重荷以外の何ものでもありませんでした。本心を言えば辞退したかったのですが、クラスにはほかにピアノを弾ける子がいなかったし、彼女は人の頼みを断れるような性格ではなかったので、結局それを引き受けることになってしまいます。「本番でミスをして皆の足を引っ張ってしまったらどうしよう」という不安に押し潰されそうな日々が続き、彼女は何度も一人でこっそり泣いたそうです。

しかしいざ合唱練習が始まってみると、ほどなくそれは苦痛ではなくなりました。

それどころか彼女は、合唱練習の時間を楽しみにするようにさえなったのです。

指揮者は、彼女が密《ひそ》かに思いを寄せていた男の子でした。演奏を始めるとき、彼はいつも彼女の目をしっかりと見つめてくれました。それが演奏のタイミングを合わせるためのアイコンタクトに過ぎないことは、彼女にもわかっていました。しかし、彼女はそれが嬉しかったのです。ほかのすべてがどうでもよくなってしまうくらいに。

「人生で一番の思い出が、好きな男の子と目が合った程度のことだなんて、なんて寂しい人生だろう」と笑う人もいるかもしれません。しかし僕には、彼女の気持ちがとてもよく理解できます。たとえ彼女のその後の人生がどれほど至福に満ちたものだったとしても、やはり一番の思い出は「ただ目が合った程度のこと」であり続けるのだと思います。

人間の価値基準というのはけっこう場当たり的なものです。裕福になってから高級レストランで食べたコース料理よりも、極貧時代に学生食堂で食べた数百円の定食のほうが美味《おい》しく感じられたり、充実した大学生活を送っていた頃に同棲していた女の子よりも、どん底の生活を送っていた中学生の頃に一度だけ手を握ってくれた女の子のほうが愛おしく感じられたりします。本作について言えば、高坂は、佐薙がしてくれたマスク越しのキスを一生忘れられないことでしょう。引き算の幸せ、とでも言うのでしょうか。僕はこうした価値観の倒錯《とうさく》を、人間のもっとも美しいバグのひとつだと思っています。

前作『君が電話をかけていた場所』『僕が電話をかけていた場所』が肉体的欠陥の物語だとすれば、本作『恋する寄生虫』は精神的欠陥の物語です。そういった意味で、ふたつの作品は対の構造になっていると言えるかもしれません。「不在という病」のアイディアを思いついたのは二〇一四年の初春だったのですが、当時の僕には寄生虫に関する知識がまったくと言っていいほどなく、奇しくも同時期にモイセズ・ベラスケス＝マノフの『寄生虫なき病（原題：An Epidemic of Absence）』の邦訳が文藝春秋より出版されていたことを知ったのは二〇一六年に入ってからでした。資料として読んでいることを忘れて読み耽ってしまうくらい興味深い本なので、本作を読んで少しでも寄生虫に興味が湧いたという方はぜひお読みになってはいかがでしょうか。

なお本作のタイトル『恋する寄生虫』は、藤田《ふじた》紘一郎《こういちろう》先生のご著書『恋する寄生虫』（講談社刊）からそのまま拝借しました。タイトルの借用をご快諾下さった藤田先生に、この場を借りて厚くお礼申し上げます。

三《み》秋《あき》　縋《すがる》

三秋 縋

著作リスト

スターティング・オーヴァー（メディアワークス文庫）
三日間の幸福（同）
いたいのいたいの、とんでゆけ（同）
君が電話をかけていた場所（同）
僕が電話をかけていた場所（同）
恋する寄生虫（同）

本書は書き下ろしです。

メディアワークス文庫

恋《こい》する寄《き》生《せい》虫《ちゅう》

三《み》秋《あき》 縋《すがる》

発行 2016年9月24日 初版発行
2016年12月7日 4版発行

発行者 塚田正晃
発行所 株式会社KADOKAWA
〒102-8177 東京都千代田区富士見2-13-3
プロデュース アスキー・メディアワークス
〒102-8584 東京都千代田区富士見1-8-19
電話03-5216-8399（編集）
電話03-3238-1854（営業）
装丁者 渡辺宏一（有限会社ニイナナニイゴオ）
印刷・製本 加藤製版印刷株式会社

ISBN978-4-04-892411-5 C0193

メディアワークス文庫 http://mwbunko.com/
株式会社KADOKAWA http://www.kadokawa.co.jp/

本書に対するご意見、ご感想をお寄せください。

あて先
〒102-8584 東京都千代田区富士見1-8-19 アスキー・メディアワークス
メディアワークス文庫編集部
「三秋 縋先生」係

メディアワークス文庫

招き猫神社のテンテコ舞いな日々
有間カオル

会社が倒産したため、着の身着のまま、東京の片隅にある神社に管理人として身を寄せることになった青年。しかし、その神社には〝化け猫〟が暮らしていた——!? 化け猫たちとの人情味豊かな同居生活を描く物語。

あ-2-6
314

招き猫神社のテンテコ舞いな日々2
有間カオル

東京の片隅にある神社で、管理人として細々と生活している青年・和己。虎、グレイシー、グレイヒーという三匹の〝化け猫〟たちとの喧嘩が絶えない生活にも慣れてきた、ある秋の日のこと、その事件は起こった——!

あ-2-7
369

招き猫神社のテンテコ舞いな日々3
有間カオル

神社の所有者である叔父が入院した。どうも重体らしい。叔父の養子からは「父が亡くなったら、神社から出ていってもらう」と通告される。もちろん俺だって、いつまでもこの神社に居座るつもりはないけどさ……。

あ-2-8
464

やり残した、さよならの宿題
小川晴央

僕が暮らす海沿いの田舎町には、〝時渡り〟の神様が祀られている神社がある。夏休みにそこで遊んでいた僕と鈴は、どこか不思議な雰囲気の一花お姉さんと出会った。——これは僕たちが過ごした、誰にも言えないひと夏の物語。

お-5-3
465

こひすてふ
土屋 浩

むかし神童、いまはただのひねくれ女子高生の御厨紀伊。平安時代へタイムスリップした彼女が出会ったのは、ぶっきらぼうで和歌への情熱に溢れる三十六歌仙、壬生忠見だった。平安タイムスリップ・ロマンスストーリー。

つ-3-1
466

◇◇メディアワークス文庫

日本酒BAR「四季」春夏冬中《あきない》
さくら薫る折々の酒

つるみ犬丸

旨い酒に美味い料理。恵比寿の繁華街の片隅にひっそりとたたずむ「四季―Shiki―」。日本酒専門のこの店で供されるのは、客の好みに合わせた日本酒と自慢の料理。あなたの疲れた心と体を、どうぞ癒やしにいらっしゃい。

つ-2-5

429

日本酒BAR「四季」春夏冬中《あきない》
さくら咲く季節の味

つるみ犬丸

恵比寿で噂の「四季―Shiki―」。暖簾をくぐれば、お客さんごとの好みに合わせた料理と日本酒が出迎えてくれる。だけど近頃はお客が遠のき気味。どうやら近くに、おしゃれな日本酒バーが出来たようで――。

つ-2-6

467

鎌倉不動産のあやかし物件

安東あや

鎌倉の老舗不動産の御曹司は霊が見えるらしい。親に仕組まれ彼と知り合った清花。なりゆきでいわくつき物件の調査に関わることに。こうして鎌倉での忘れられない不思議な夏が始まった――。

あ-13-2

468

ノーブルチルドレンの残酷

綾崎 隼

十六歳の春、美波高校に通う旧家の跡取り舞原吐季は、因縁ある一族の娘、千桜緑葉と巡り合う。二人の交流は、やがて哀しみに彩られた未来を紡いでいって……。現代のロミオとジュリエットに舞い降りる、儚き愛の物語。

あ-3-5

089

ノーブルチルドレンの告別

綾崎 隼

舞原吐季に恋をした千桜緑葉は、強引な求愛で彼に迫り続けていた。しかし、同級生、麗羅の過去が明らかになり、二人の未来には哀しみが舞い降りて……。現代のロミオとジュリエットに舞い降りる儚き愛の物語。激動と哀切の第二幕。

あ-3-6

098

ノーブルチルドレンの断罪
綾崎 隼

舞原吐季と千桜緑葉。決して交わってはならなかった二人の心が、魂を切り裂く別れをきっかけに通い合う。しかし、その未来には取り返しのつかない代償が待ち受けていた。現代のロミオとジュリエット、儚き愛の物語、第三幕。

あ-3-8 132

ノーブルチルドレンの愛情
綾崎 隼

そして、悲劇は舞い降りる。心を通い合わせた舞原吐季と千桜緑葉だったが、両家の忌まわしき因縁と暴いてしまった血の罪が、すべての愛を引き裂いていく。現代のロミオとジュリエット、儚き愛の物語。絶望と永遠の最終幕。

あ-3-9 151

ノーブルチルドレンの追想
綾崎 隼

長きに渡り敵対し続けてきた旧家、舞原家と千桜家。両家の怨念に取りつかれ、その人生を踏みにじられてきた高貴な子どもたちは今、時を越え、勇敢な大人になる。『ノーブルチルドレン』シリーズ、珠玉の短編集。

あ-3-11 228

DOUBLES!! —ダブルス—
天沢夏月

プレースタイルも真逆で、コートで向かい合った初日から、お互いのことが何から何まで気に食わない駆と琢磨。そんな二人に、「ダブルス組んでみろ」と部長命令が下り——。部活に青春の全てを捧げる、熱血テニス物語！

あ-9-5 361

DOUBLES!! 2nd Set —ダブルス—
天沢夏月

プレースタイルも真逆で、何から何までお互いのことが気に食わない二人。そんな凸凹コンビ琢磨と駆のダブルスも、都立戦を経て徐々に成長していった。だがある日、「ペア解散」という理不尽な部長命令が降りかかり——。

あ-9-7 425